工业北京地质研究院同位素实验室、成都地质矿产研究所、成都理工大学环境工程学院、成都理工大学地球科学学院等单位及其工作人员的帮助！感谢成都理工大学科技处、核技术与自动化工程学院、地球化学系、图书馆和档案馆的支持和帮助！文中引用了学术前辈与同仁们的研究成果，在此特表感谢！

国家自然科学基金青年基金项目（41103025）

核技术与自动化工程学院　　　　　　　　　资助

地学核技术四川省重点实验室

甘肃大水金矿床成矿规律与成矿模式

彭秀红　张江苏　著

科学出版社

北　京

内容简介

甘肃玛曲大水金矿床是近年来在西秦岭地区发现的一类矿化特征极为独特的富赤铁矿硅质岩型金矿床。本书在阐明大水金矿床区域地质背景、矿区地质特征、矿床地质特征的基础上,详细分析了大水金矿的微量元素、稀土元素、同位素、流体包裹体等地球化学特征,论述了大水金矿金迁移沉淀作用机理,并估算了成矿流体温度、密度、压力、成矿深度等热力学参数,从成矿时间、成矿空间及矿物共生组合等方面论述了大水金矿的成矿规律,总结了大水金矿的成矿模式。

本书适合矿床学、地球化学、金矿地质研究者和高等院校教师、研究生及高年级本科生阅读。

图书在版编目(CIP)数据

甘肃大水金矿床成矿规律与成矿模式 / 彭秀红,张江苏著. —北京:科学出版社,2011.8

ISBN 978-7-03-031927-2

Ⅰ.甘… Ⅱ.①彭… ②张… Ⅲ.①金矿床–矿床成因–甘肃省 Ⅳ.①P618.510.1

中国版本图书馆 CIP 数据核字(2011)第 150436 号

责任编辑:荣洁莉 陈 梦 / 封面设计:陈思思

斜 学 出 版 社 出版

北京东黄城根北街16号
邮政编码:100717
http://www.sciencep.com

四川煤田地质制图印刷厂印刷
科学出版社发行 各地新华书店经销

*

2011年9月第 一 版 开本:787×1092 1/16
2011年9月第一次印刷 印张:7.5(彩插2页)
印数:1—1 000 字数:180千字

定价:48.00 元

前 言

甘肃省玛曲县大水金矿床是 20 世纪 90 年代初在甘肃省南部西倾山地区发现的世界上十分罕见的富赤铁矿硅质岩型金矿类型。该金矿不仅矿床规模大、品位高、埋藏浅、矿石成分简单、易采易选,且矿化特征极为独特,年产黄金 2t 以上,总储量逾百吨。

甘肃省码曲县大水金矿床大地构造位置属于秦祁昆造山带,西秦岭南亚带。三叠系中统马热松多组(T_{2m})是该金矿的主要赋矿层位,时空上与印支-燕山期浅成超浅成中酸性岩浆岩关系密切。矿体主要产于赤铁矿化硅化灰岩、赤铁矿化硅化花岗闪长岩及其接触带中,矿化强度与硅化、赤铁矿化紧密相关。矿石呈红色、褐色,极贫硫化物。矿石类型为赤铁矿化硅化碳酸盐岩型、交代似碧玉岩型和赤铁矿化硅化花岗闪长岩型。矿石构造主要有块状构造、细脉-网脉状构造、角砾状构造等,矿石结构主要为自形-半自形它形结构、草莓状结构、交代碎裂结构等。金属矿物以自然金、赤铁矿、褐铁矿为主,非金属矿物以方解石、石英为主。与金关系密切的围岩蚀变有硅化、赤铁矿化、方解石化。该矿床埋藏浅、品位高、成分简单、易采易选,经济价值极高。

目前,国内外对该类型金矿床的研究程度较低。对此类矿床的深入研究有利于人们进一步认识西秦岭造山带的构造演化历史和成矿规律,也有利于整个秦岭造山带地区矿产勘查评价工作的深入开展和寻找新的大水式富赤铁矿硅质岩型金矿工作的展开,并有利于深化研究金矿成矿机理和成矿理论。

本书在阐明大水金矿床区域地质背景、矿区地质特征、矿床地质特征的基础上,详细分析了大水金矿床的微量元素、稀土元素、同位素、流体包裹体等地球化学特征,探讨了大水金矿金迁移沉淀作用机理,并估算了成矿流体温度、密度、压力、成矿深度等热力学参数,从成矿时间、成矿空间及矿物共生组合等方面论述了大水金矿的成矿规律,总结了大水金矿的成矿模式。

本书是一项集体劳动的研究成果。前言、第一章及结束语由彭秀红撰写;第二章由张江苏、王世武、彭秀红等撰写;第三章由张江苏、龚全胜、彭秀红、邓喜涛等撰写;第四章、第六章由彭秀红、杨海、张江苏、卿成实等撰写;第五章由彭秀红、宋昊、张江苏、徐波等撰写。全书由彭秀红统核、定稿。

在本书撰写过程中,得到了甘肃省地矿局第三地质矿产勘查院、甘肃玛曲格萨尔黄金实业股份有限公司、成都理工大学、四川省地学核技术重点实验室等单位的大力支持,在此表示感谢!衷心感谢大水金矿区、贡北金矿区、忠曲金矿区的领导和地质管理技术人员的热心帮助!由衷感谢成都理工大学徐新煌教授、王润明教授、王志辉教授、温春齐教授、蔡建明教授的指导!特别感谢中国地震局地质研究所李霓教授和张柳毅硕士及中国地质科学院矿产资源研究所范宏瑞教授在测试样品中给予的帮助!感谢毛燕石教授、蔡国军博士、霍艳博士、杨波博士的帮助!感谢甘肃省地矿局测试实验中心、材

目　录

第一章 区域地质背景

第一节 大地构造背景

一、区域大地构造部位

秦岭造山带是横亘我国中部的巨型秦祁昆造山系的重要组成部分，是衔接我国南北大地构造单元的桥梁，也是贯通我国东西大地构造地壳演化的通道，更是我国丰富的矿藏开发基地之一。它位于陕、甘、川 3 省境内的秦岭西段-西秦岭地区，西连祁连山构造带，北邻华北地台，南接松潘-甘孜构造带和扬子地台，为诸多构造单元的聚合部位，呈特殊的倒三角形几何形态。西秦岭造山带大致是指青海南山北缘断裂-土门关断裂以南，宝成铁路线以西，玛沁-略阳断裂以北，柴达木地块以东；地理上包括中吾农山、青海南山、鄂拉山、西倾山等山系，面积约 18 万 km²，跨青海、甘肃、陕西、四川 4 省（冯益民等，2003）。该区经历了自太古宙以来的多旋回造山构造运动，具有复杂的构造演化历史，呈现出错综复杂的构造变形形象。复杂的地质构造演化和蕴含丰富的贵金属、有色金属与黑色金属矿产是西秦岭造山带的主要特征（倪师军等，1997；陈洀景等，2004；杜子图，1997；张作衡，2002；董云鹏等，2003；韩要权，2003；毛景文等，2005）（图 1-1）。

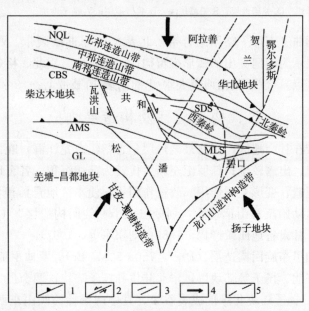

图 1-1 西秦岭-松潘构造略图（张国伟等，2004）

注：1.构造结合区主干断裂（包括古缝合带）；2.西秦岭和共和拗拉谷构造线；3.松潘主要构造线；4.区域构造主应力方向；5.贺兰-川滇南北构造带；CBS，柴北缘古缝合带；SDS，商丹古缝合带；KLS，东昆中古缝合带；AMS，阿尼玛卿古缝合带；NQL，北祁连缝合带；MLS，勉略古缝合带；GL，甘孜-理塘缝合带。弯曲虚线表示青藏高原东北边界和贺兰-川滇南北构造带的东西边界范围。

二、区域成矿带划分

大水金矿田位于川、甘、陕金三角成矿区，该区包含了西秦岭褶皱带和松潘-甘孜-印支褶皱带两个大的造山带结合部及相邻地区，是我国重要的多金属成矿区。大水金矿田在甘肃省境内的部分主要位于甘肃省南部的南秦岭晚古生代—中生代多金属成矿带（冯益民等，1996，2003；高兰，1998）（图 1-2）。

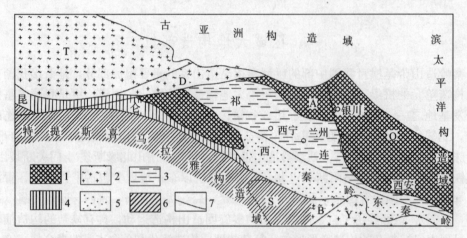

图 1-2　西秦岭造山带区域大地构造位置图（冯益民等，2003）

注：1. 中朝地块群；2. 扬子地块群；3. 加里东造山带；4. 华力西造山带；5. 西秦岭复合造山带；6. 印支造山带；7. 断裂及边界断裂；T. 塔里木地块；D. 敦煌地块；A. 阿拉善地块；O. 鄂尔多斯地块；Q. 羌塘地块；S. 松潘地块；B. 碧口地块；Y. 扬子地块。

矿田南界为玛曲—南坪—略阳结合带，北界大水-忠曲断裂带。西倾山背斜，走向近东西，区域上展示为向南突出的弧形推覆构造，格尔珂、贡北、格尔托、忠曲、辛曲和恰若等金矿床（点），位于其南西翼大水-忠曲断裂-褶皱带上。

三、构造旋回及构造层划分

西秦岭褶皱带在甘南地区，出露最老地层是志留纪白龙江群，晚古代至早中生代三叠纪海相地层连续、出露较全；侏罗纪至新生代转为陆相沉积。各个地质发展阶段的沉积建造、岩浆岩建造、变形变质作用、改造作用等，使本区地壳具有"旋回性"构造层结构。从加里东运动始至喜山运动止，划分出 4 个"旋回构造层"（葛肖虹等，1999；董云鹏等，2003；甘肃省地质矿产局，1989；刘家军等，1997）。

（1）西秦岭加里东旋回构造层（Pz_1）。750±50Ma B.P. 罗迪尼亚（Rodinia）超大陆解体，裂解出华北、扬子等陆块群，华北陆块和扬子陆块这两个最大的陆块之间，形成了昆仑-秦岭洋。扬子陆块北缘形成裂谷带，其中南秦岭西倾山东西向白龙江陆缘裂陷槽（Pz_1），沉积了志留纪白龙江群（包括迭部组、舟曲组、卓乌阔组 3 个组）3000～6000m 巨厚的复理式碎屑岩层，以及顶部数百米厚碳酸岩层。加里东运动末期，全区褶皱，地层浅变质，为一套板岩、千枚岩、变砂岩、灰岩、白云岩石组合。

（2）西秦岭海西-印支旋回构造层（Pz_2-T）。泥盆纪—三叠纪，本区再度卷入南秦岭造山活动，加里东运动已连接的劳亚大陆再次被打开，本区为海西-印支旋回活动大陆边缘，发育次稳定碳酸盐-陆源碎屑岩沉积盆地。沉积了泥盆纪—三叠纪当多组（$D_{1\sim2}d$）、下吾拉组（$D_{2\sim3}d$）、益哇组（C_1y）、岷河组（$C_{1\sim2}d$）、尕海组（C_2-P_1g）、大关山组（P_2d）、迭山组（P_3d）、扎里山组（T_1z）、马热松多组（T_2m）、郭家山组（T_2g）、光盖山组（$T_{2\sim3}gg$）等地层。泥盆纪至三叠纪郭家山组为碳酸盐岩建造；中晚三叠世，沉积盆地转化成深水相复理石盆地，中-上三叠世光盖山组为陆源碎屑深海-半深海浊积岩建造。

印支期末，南秦岭陆缘盆地和松潘-甘孜海槽均闭合，致使两大造山带碰接，沿玛曲-南坪-略阳结合带发生陆-陆碰撞。结合带北侧地层向南逆掩推覆，形成一系列大小不等的推覆体，包括甘南大水弧形推覆构造带，碰撞及推覆作用致使的地壳大规模缩短，地壳增厚。

（3）西秦岭燕山旋回构造层（J-K）。侏罗纪、白垩纪，南秦岭褶皱带进入印支造山期后陆内改造时期，海水完全退出全区，地壳发生大规模的走滑断裂及拉分作用，形成上叠陆相沉积盆地（J-K），出露地层龙家沟组（J_2l）、田家坝组（K_1t），一套湖相粗碎屑岩，局部含煤沉积；侏罗纪中酸性花岗岩类呈岩株、岩脉较广泛侵入。邻区见侏罗纪陆相火山岩产出。

（4）西秦岭喜马拉雅旋回构造层（N-Q）。新近纪高原整体隆升，广泛发育第四系河流冲积层、坡积层、残积层，沿河流出露宽缓河流Ⅰ级、Ⅱ级阶地。相邻地区发育河湖相泥炭盆地（N-Q）。

四、区域地质演化简史

本区地层系统划分属华南地层大区，南秦岭-大别山地层区，迭部-旬阳地层分区。古生界到中生界三叠系海相地层出露较连续、完整；地层厚度、岩性、变形变质等面貌在走向上变化大，表现出造山环境特点。侏罗纪海水退出西秦岭地区，为造山期后陆内改造环境，小型火山岩盆地和分散性小岩体群侵入，山间陆相盆地沉积，盖层地层未变质。

从古生代至新生代，本区经历了连续地质演化和复杂造山作用过程，加里东-海西、印支期漫长地质演化，形成西秦岭复合造山带。印支运动使南秦岭褶皱带、松潘-甘孜褶皱带、扬子陆块拼合在一起，转化为稳定的大陆。印支造山期后，经历了燕山期走滑拉分、侏罗山型褶皱等剪切脆性变形作用。受喜山期隆升作用影响，西秦岭褶皱带与特提斯构造域一起隆升，西秦岭褶皱带也成为青藏高原一部分，地壳增厚。本地区具特有的地质（壳）结构和高原面貌，新近纪以侵蚀和河湖相沉积为主，进而进入现代地貌改造作用期。

第二节 区域地层概况

区域内出露最老地层为志留系，属深海-半深海相沉积，分布在格尔括合褶皱束轴部；从轴部向南翼依次为泥盆系、石炭系、二叠系、三叠系、下侏罗统和白垩系，石炭系、二叠系和三叠系分别由浅海相和碳酸岩台地碳酸盐岩组成,下侏罗统由湖沼相碎屑岩、陆相火山岩组成,白垩系以碎屑岩为主,夹有少量碳酸盐岩,各地层岩性特征见表 1-1。

表 1-1　大水金矿区域地层划分表

系	统	组	地层代号	岩性特征
白垩系	下统	田家坝组	Kt	灰紫色砂砾岩夹砂岩
侏罗系	下统	龙家沟组	J₁	灰紫-紫红色角砾岩夹砂屑灰岩、砂板岩及硅质岩
三叠系	中统	光盖山组	Tgg	灰色岩屑长石石英杂砂岩、岩屑砂岩夹板岩及薄层灰岩
		郭家山组	Tg	灰白色块状含鲕粒灰岩
		马热松多组	Tm	灰白-浅灰色块状细晶白云岩、中厚层微晶白云岩
	下统	扎里山组	Tz	上、下部为灰色中厚层-块状鲕粒灰岩,中部为杂色薄层泥质灰岩
二叠系	上统	迭山组	Pds	灰-浅灰色中薄层微晶灰岩与中厚层生物碎屑灰岩
	下统	大关山组	Pdg	深灰色块状-中薄层生屑灰岩、生物亮晶灰岩
石炭系	上统	尕海组	Cg	灰色块状-中薄层含生屑团粒灰岩
	中统	岷河组	Cm	深灰色、灰黑色灰岩及燧石灰岩夹白云质灰岩、白云岩
	下统	益哇沟组	Cyw	浅灰色、灰白色厚层块状灰岩,底部砂质灰岩、钙质砂岩
泥盆系	中-上统	下吾那组	Dx	灰色、浅灰色薄层-块状灰岩,含紫红色、黄褐色钙质粉砂岩条带状灰岩
	下-中统	当多组	Dd	褐黄色、紫红色铁质含砾粗砂岩、砂岩夹铁质条带砂岩及泥灰岩
	下统	尕拉组	Dgl	灰色白云岩、白云质灰岩、板岩
		普通沟组	D₄p	白云质泥灰岩、板岩
志留系	上统	卓乌阔组	Szw	深灰色板岩、灰岩、粉砂质板岩、硅质板岩及含碳板岩

第三节　岩浆活动

区域上岩浆活动不太发育,总体上具如下特点:①类型较多,超基性、基性、中-中酸性的火山岩和侵入岩均有活动;②岩浆活动受控于区域构造演化,诱导岩浆侵位和喷发的构造机制主要为大型断裂破碎带,系同构造岩浆活动;③岩浆活动频繁,据构造-岩浆活动的旋回性划分为加里东-华力西期、印支期和燕山期 3 个构造-岩浆事件;④空间分布广泛而零散;⑤规模一般不大,侵入岩多呈小岩株或岩脉产出,但与金成矿有密切联系,部分侵入体直接参与了金矿化(如巴西金矿、大水金矿等),其中燕山期岩浆侵位活动对金和多金属成矿有着极为重要的作用。

一、加里东-华力西拉张裂陷期构造-岩浆热事件

加里东-华力西拉张裂陷期构造-岩浆热事件时间跨度大,岩石类型较多。火山岩主要发育于武都、康县、松潘及塔藏一带古生界地层中的绿片岩相变质的基性火山岩,岩性以变玄武岩和凝灰岩为主,具造山带拉斑玄武岩特征,大地构造环境为拉张裂谷,且与成矿关系明显,玄武岩中多处见铜矿化。

侵入岩主要为北部白龙江一带侵位于震旦系白依沟群及志留系白龙江群中的基性小岩脉,岩石类型以浅成相变质辉绿岩为主。从构造演化角度分析,辉绿岩属于白龙江加

里东裂陷槽拉张阶段产物，就位机制为沿断裂带同构造侵位，岩脉走向与区域东西向断裂带保持一致。

二、印支造山期构造-岩浆热事件

印支造山期火山活动微弱，且仅限于晚印支构造期，主要为发育于三叠系海相地层中的少量基性火山岩，如哲波山中上三叠统扎朵山组地层中的安山质凝灰岩和松潘东北寨一带晚三叠世地层中的蚀变玄武岩，后者岩石具有一定的含矿性，其含金高达 1.5×10^{-6}。侵入岩相对火山岩比较发育，为伴随印支造山带形成过程和晚期的深源岩浆热事件，主要沿近东西向白龙江断裂、褶皱构造带成带、成串分布，呈浅成相和超浅成相的小岩株或岩脉沿断裂带侵位于三叠系及其以下的各时代地层中，岩石类型以中性岩和中酸性岩类为主。此外，还有一些零散分布的呈较大的岩株、岩基产出的深源深成相中性-中酸性岩浆侵入体，如南部红原-哲波山一带的羊拱海和达盖寨二长花岗岩体，其长轴呈南北向，与南北向断裂活动有密切成生联系。北部礼县一带分布有大片以二长花岗岩为主的复式岩基，形成于碰撞造山后阶段。

三、燕山陆内造山期构造-岩浆热事件

燕山陆内造山期岩浆活动强烈，分布范围较广，具同源、同期、异相的特点，且与该区金及多金属成矿有着密切的关系。中生代以来，海相火山作用渐趋消失，陆相火山活动明显增强，特别是进入燕山期板内造山阶段，中新生代陆相火山盆地逐个形成。火山盆地的分布均受断裂带控制，以北西西向及北东向构造控制为主。区内颇具代表性的火山岩是分布于北部郎木寺一带的侏罗纪—白垩纪陆内火山岩，为印支造山带形成后燕山期陆内拉张断陷盆地的产物。火山活动为沿北西西向断裂带呈裂隙中心式喷发和喷溢相为主。该期区内主要岩石类型为基性玄武岩类、中性安山岩类和酸性流纹英安岩。侏罗纪火山岩 K-Ar 同位素年龄测定值为 191.57Ma B. P.。白垩纪火山岩 Rb-Sr 同位素年龄值为 112 ± 27Ma B. P. （杨恒书等，1995）。

燕山期侵入体分布广泛而零散，岩体的分布与中生代断裂构造关系密切，从宏观格局上来看，近东西向构造带控制着侵入岩带的延伸，北东向构造与近东西向构造的交汇、复合处控制着岩体的形态和位置，从而构成东西成带、北东成行、网格状交叉的空间展布特征。岩体产出规模一般较小，多以中-浅成相呈脉状产出，少量为岩株产出。其侵位围岩多为印支期区域浅变质岩，侵位地层包括从古生界到三叠系。岩石类型以中性岩和中酸性岩石为主。

燕山期中性-中酸性岩体形成于燕山期陆内造山阶段。燕山期岩浆活动与金成矿有密切关系，如大水金矿、忠曲金矿、拉尔玛金矿、巴西金矿等都与侵入岩体有直接关系，且巴西金矿床内的石英闪长玢岩脉本身参与了金矿化，岩浆活动对金及多金属矿产的形成有着不可忽视的作用。

南秦岭成矿带广泛出露侏罗纪中酸性花岗岩类小岩体，表现出印支期构造-岩浆活动有滞后特点，这说明印支期后造山阶段，西秦岭造山带的大陆动力学条件发生了变化，地壳增厚，西倾山地区，由挤压变为伸展，侵入岩浆作用已经进入了另一个构造-

岩浆作用（燕山旋回）。

中酸性岩及岩脉广泛侵入三叠纪前围岩地层中，内外接触带为低温蚀变，为赤（褐）铁矿化、硅化、碳酸盐化、绢云母化、绿泥石化，伴随金矿化。

第四节　变质作用

区内地层轻度变质，变质作用类型以接触变质为主，动力变质作用为辅。

接触变质主要发生在花岗闪长斑岩岩体和花岗闪长岩脉与围岩的接触带上，在岩体内接触带有轻微混染作用及碳酸盐化。在外接触带具有大理岩化，局部灰岩重结晶作用明显，形成晶体粗大的方解石。

动力变质作用主要发生在挤压构造和扭动构造发育地段，片理化、构造透镜体化、碎裂岩化、角砾岩化和糜棱岩化很发育，脉岩局部碾磨成断层泥。

第二章 矿区地质特征

大水金矿位于甘肃省玛曲县城东北方向约16km处,行政区属于甘肃省玛曲县尼玛乡管辖。矿区地理坐标为:东经102°12′26″~102°15′04″,北纬34°01′53″~34°04′01″。矿区往南3km有简易公路,与郎(木寺)-玛(曲)公路298km处相接;往西距玛曲县城15km,经尕(海)-玛(曲)公路与兰(州)-郎(木寺)公路相接;北经甘南藏族自治州首府合作市,距兰州市450km,交通较方便(图2-1)。

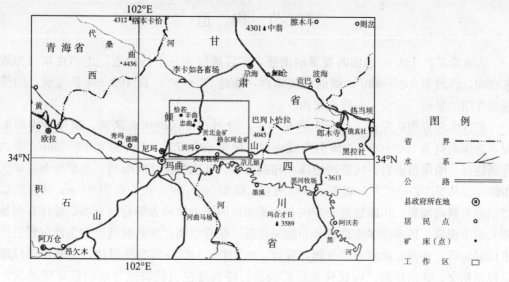

图2-1 大水矿区交通位置图

第一节 地 层

大水金矿区绝大部分被第四系残坡积所覆盖,基岩出露零星。矿区内地层有二叠系、三叠系、侏罗系、白垩系,侏罗系主要出露于贡北矿区,大水金矿地层情况详见表2-1。

二叠系:分上、下统,下统大关山组为深灰色块-中薄层生物碎屑灰岩、生物亮晶灰岩,普遍含燧石团块及条带,是辛曲金矿床的含矿岩系;上统迭山组为灰-浅灰色中薄层微晶灰岩、中厚层生屑灰岩、杂色薄层泥质灰岩,恰若金矿 Au1,Au2 号矿体赋存于该地层中。

三叠系:主要出露下统扎里山组、中统马热松多组、郭家山组、光盖山组,扎里山组上、下部为灰色中厚层-块状鲕粒灰岩,中部为杂色薄层泥质灰岩,恰若金矿 Au3 号矿体赋存于该地层中。马热松多组为灰白-浅灰色块状细晶白云岩、中厚层微晶白云岩,是大水金矿、忠曲金矿的主要含矿地层。

表 2-1　大水金矿地层简表

系	统	组	地层代号	岩 性 特 征	厚度/m
白垩系	下统	田家坝组	K₁t	灰紫色砂砾岩夹砂岩	—
侏罗系	下统	龙家沟组	J₁l	灰紫-紫红色灰质砾岩、砂岩夹煤线	>1445
三叠系	中统	光盖山组	Tgg	灰色岩屑长石石英杂砂岩、岩屑砂岩夹板岩及薄层灰岩	300
		郭家山组	Tg	灰白色块状含鲕粒灰岩	500
		马热松多组	Tm	灰白-浅灰色块状细晶白云岩、中厚层微晶白云岩	800
	下统	扎里山组	Tz	上、下部为灰色中厚层-块状鲕粒灰岩,中部为杂色薄层泥质灰岩	889
二叠系	上统	迭山组	Pds	灰-浅灰色中薄层微晶灰岩与中厚生屑灰岩互层	—
	下统	大关山组	Pdg	深灰色块状-中薄层生物碎屑灰岩、生物亮晶灰岩	

第二节　构　造

　　大水金矿产于大水-忠曲断裂带的南缘,矿区地层为一单斜构造,走向在东段为近东西向,西段为 290°～300°,倾向南或南西,倾角 50°～80°。在 102-104 勘探线,因受断裂作用的影响,形成一些拖曳褶曲。

　　矿区内断裂构造发育。以近东西向为主,分布在矿区的南北两侧,属逆冲走向断裂,总体走向为 100°～110°,倾向南或南西,倾角 60°～75°;破碎带宽 10～30m,带内有断层泥、断层角砾岩、构造透镜体和碎裂岩带。其次为南北向断裂,主要分布在矿区西部,总体呈 10°～30°方向展布,倾向南东,倾角 60°～75°;长 600～1400m,该组断裂切割近东西向断裂。在断裂破碎带内有大量花岗闪长岩脉和方解石脉充填,脉体有明显膨大缩小现象,形成许多串珠状分布的局部低压张开空间,为热液活动和金的沉积提供了良好场所。在南北向断裂的旁侧,发育一组 100°～110°方向羽状裂隙,与断层破碎带呈锐角相交,递错排列,构成梯状控矿构造,特别是在羽状裂隙与断层破碎带的交汇处,是矿体最集中、最富集部位。因而,南北向断裂对本矿床起着定位作用,控制了矿体的分布和产出。此外,尚有北西向扭性断裂,走向 330°,倾向不清,断层面呈舒缓波状,断层破碎带内有构造透镜体。

第三节　岩浆岩

　　大水金矿区范围内岩浆岩相对较发育,主要为燕山陆内造山阶段就位的中酸性岩类,呈规模不大的小岩株侵位于石炭-三叠系的灰岩地层中。如大水的格尔括合岩体、忠曲岩体、忠格扎拉岩体(图 2-2)。岩体空间产出多沿北西向的区域性断裂构造带或其附近分布,岩石类型主要为花岗闪长斑岩、闪长玢岩、(石英)闪长岩、二长斑岩等。此外,矿区内发育大量中酸性岩脉,呈规模不等的杂岩墙产出,岩石类型有闪长岩、闪长玢岩和花岗闪长岩等(闫升好,1998)。

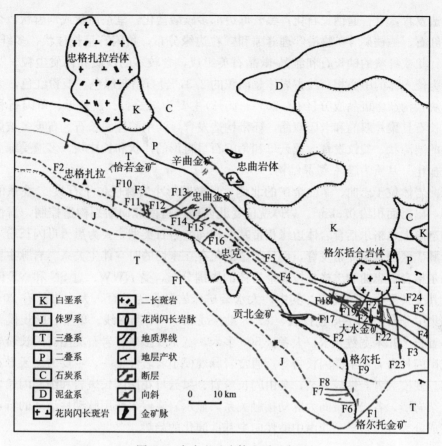

图 2-2　大水金矿岩体出露示意图

注：此图据甘肃第三地质大队修编。

一、岩体（脉）地质特征

忠格扎拉岩体为矿区内规模最大的岩体，出露面积约 4.5km²，分布于忠格扎拉以北约 1.5km 处，呈近椭圆形侵位于石炭系灰岩地层中。在该岩体南侧的二叠-三叠系灰岩、白云质灰岩地层中已发现恰若、忠格扎拉等若干金矿点。岩体的铷锶同位素年龄为 204.08Ma B.P.（闫升好，1998）。根据岩石结构构造和矿物组成等可将岩体划分出 3 个岩性带：辉石闪长岩带（边缘相）、石英闪长岩带和二长斑岩带（中心相）。

格尔括合岩体位于大水金矿的北缘，呈一椭圆形侵位于三叠系灰岩、白云质灰岩地层中，出露面积约 1.76km²。岩体的侵位受北北西向和近南北向断裂构造控制，同位素年龄为 174.3~190.69Ma B.P.（闫升好，1998），属燕山早期。根据岩石的矿物组成和结构构造特征可将岩体划分出早晚两个岩性带：早期为黑云母闪长玢岩，晚期为花岗闪长斑岩。

黑云母闪长玢岩属侵入体的边缘相带，分布于岩体的北部、东部及西部，形态不规则。黑云母闪长玢岩带与花岗闪长斑岩带呈脉动接触关系，而且两者之间常发育一条宽约 10~20cm 的浅色细粒石英闪长岩脉。岩石呈灰绿色，色率较高，为斑状结构、块状构造。斑晶主要为斜长石、黑云母和角闪石等。斜长石具自形-半自形晶，聚片双晶和环带构造发育，且普遍钠长石化；黑云母边部多碳酸盐化，呈蚕蚀状或锯齿状，交代析出的金红石、磁铁矿等矿物沿解理缝隙和颗粒边缘分布；角闪石呈长柱状，多纤石化。基质由针状或纤状的钠长石和雏晶-微晶石英组成，含较多的铁质和钙质尘粒。花岗闪长斑岩为侵入体的中心相，约占岩体总面积的 2/3，岩石呈灰绿色、淡粉红色，为斑状结构、块状构造。斑晶成分（约占 20%～25%）主要为斜长石、黑云母、角闪石和石英等。斜长石具聚片双晶和卡氏双晶，环带构造发育，为中酸性斜长石。石英多被熔蚀成不规则的港湾状，裂纹发育。黑云母和角闪石呈自形的片状和长柱状，多遭受绿泥石化和碳酸盐化。基质为隐晶-微晶结构。

忠曲岩体位于忠曲、辛曲金矿的北侧，呈椭圆形小岩株侵位于石炭-二叠系的灰岩地层中，出露面积约 $0.3km^2$。岩体就位受北西向与近南北向断裂构造控制，岩性及其结构构造与大水格尔括合岩体边缘相带基本相同，岩石类型主要为黑云母闪长玢岩。

岩脉矿区内岩脉非常发育，而且与金矿化存在密切的时空伴生关系。岩脉主要围绕大水格尔括合、忠曲和忠格扎拉 3 个岩体的周围分布，受 NWW、近 SN 和 NE 向断裂构造及其交叉复合部位控制。其中，大水金矿床岩脉最为发育，大小岩脉有 20 多条，并成群集中分布于 110-98 勘探线、92-78 勘探线和 72-66 勘探线。单个岩脉规模差别悬殊，小者长十几米宽数几米，大者长 500 多米，宽 100 多米。岩石类型有闪长玢岩、黑云母花岗闪长斑岩和细晶闪长岩等。通常岩脉规模小者岩性单一，主要为黑云母花岗闪长斑岩；规模大者岩性较复杂，多由闪长玢岩、黑云母花岗闪长斑岩和细晶闪长岩脉构成脉岩杂岩墙，各岩性带间为脉动接触关系，显示岩浆侵入作用脉动性活动的特点，而且岩浆成分表现出自早到晚由中酸性向中基性演化的趋势。

二、岩石化学特征

从岩石化学全分析结果（附表 1）可以看出，矿区侵入岩岩石 SiO_2 含量为 50%～65%，属中性-中偏基性岩类。里特曼指数（Rittmann idex）表明，大水格尔括合岩体、忠曲岩体为钙碱性（$\sigma < 3.3$），忠格扎拉岩体为碱性、偏碱性（σ 为 7～10）。铝饱和指数 ASI 为 1.27～2.55，山德指数 A/CNK 为 0.69～1.28，如图 2-3 所示，可以看出忠格扎拉岩体、忠曲岩体为偏铝质系列，格尔括合岩体介于偏铝质系列与铝过饱和系列之间。

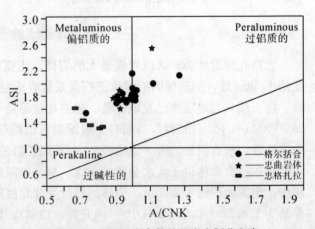

图 2-3　以 Al_2O_3 为参数的花岗岩划分方案

在塔斯（TAS）图中（图 2-4），格尔括合和忠曲岩体 19 件样品几乎全落在 SiO_2 饱和-过饱和区，说明与成矿有关的岩体主体属于中酸性岩类。忠格扎拉岩体相对贫硅而富碱，K_2O 含量（5.83%～7.68%）明显偏高。从图 2-5 中可以看出，大水和忠曲岩体都落入了亚碱性系列，而忠格扎拉岩体却落在了碱性系列，原因是：①忠格扎拉岩体的来源不同于其余 2 个岩体，但相对漫长的地质历史来说，这 3 个岩体应该属于同一时期的产物，并且受同一深大断裂控制；②这 3 个岩体在岩浆演化的过程中分别经历了不同路径。对于大水金矿岩浆岩的系列来说，从图 2-6 和图 2-7 可以看出，取自远矿岩体的岩浆岩都属于高钾系列，而取自近矿岩体的岩浆岩出现了 K 的大量流失，落入了低钾系列，这可能与成矿流体作用密切相关。由图 2-8 和图 2-9 可以看出，岩体的成岩环境可能为碰撞前火山弧型和同碰撞或碰撞后火山弧型，但从区域构造演化看为同碰撞或碰撞后火山弧型环境更合适。

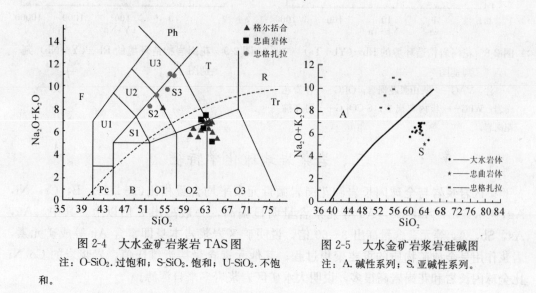

图 2-4 大水金矿岩浆岩 TAS 图

注：O-SiO$_2$. 过饱和；S-SiO$_2$. 饱和；U-SiO$_2$. 不饱和。

图 2-5 大水金矿岩浆岩硅碱图

注：A. 碱性系列；S. 亚碱性系列。

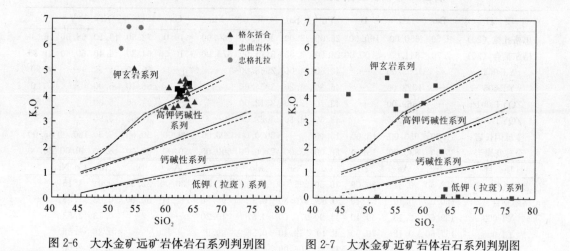

图 2-6 大水金矿远矿岩体岩石系列判别图

图 2-7 大水金矿近矿岩体岩石系列判别图

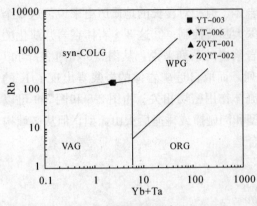

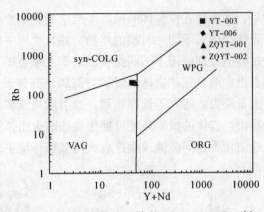

图 2-8　花岗岩构造环境的 Rb-(Yb+Ta)
　　　判别图

图 2-9　花岗岩构造环境的 Rb-(Y+Nb) 判
　　　别图

　　注：VAG——火山弧花岗岩；ORG——洋脊花
岗岩；WPG——板内花岗岩；S-COLG——同碰撞
花岗岩。

三、岩浆岩地球化学特征

　　矿区岩浆岩与全球闪长岩和花岗岩微量元素平均含量相比（表 2-2），B，Cr，Ni，
Ag，Co，Nb，As，Sb，Au 等元素含量明显偏高，一般高出 2 倍以上。其中，Au，
As，Sb，Ag 等元素含量高出 3~60 倍，说明矿区岩浆岩本身即富含 Au 等成矿元素，
岩浆作用是金成矿物质的重要聚集过程；其他元素含量接近维氏值。岩浆岩的 Co/Ni
比全球闪长岩和花岗岩高很多，说明大水矿区岩浆岩多来自深源。

表 2-2　矿区岩浆岩与全球闪长岩和花岗岩微量元素含量比较表　　（单位：10^{-6}）

项　目	Be	Ba	B	Pb	Sn	Ti	Mn	Ga	Cr	Ni	V	Cu
忠格扎拉（20）	2.50	650.00	100.00	26.00	3.00	2650.00	560.00	<10.00	72.50	19.10	64.00	16.50
格尔括合（20）	7.70	641.00	<100.00	24.60	3.60	3375.00	675.00	<10.00	64.20	6.40	60.40	11.33
YT-003	—	1553.00	—	48.60	4.00	2968.00	—	—	60.40	4.70	—	4.90
YT-006	—	1373.00	—	46.30	4.20	3254.00	—	—	66.10	5.00	—	7.90
ZQYT-001	—	1469.00	—	43.70	3.80	3312.00	—	—	94.60	6.00	—	3.50
ZQYT-002	—	1400.00	—	43.60	4.30	3022.00	—	—	84.90	5.90	—	4.90
全球闪长岩	1.80	650.00	15.00	15.00	—	8000.00	1200.00	20.00	50.00	5.50	100.00	35.00
全球花岗岩	5.50	830.00	15.00	20.00	3.00	2300.00	600.00	20.00	25.00	8.00	40.00	20.00

项　目	Zr	Ag	Zn	Co	Sr	Mo	Nb	As	Sb	Au	Co/Ni
忠格扎拉（20）	112.50	0.31	30.00	79.50	295.00	0.48	17.30	130.00	32.50	0.01	4.16
格尔括合（20）	150.00	0.10	34.10	9.80	370.80	0.32	95.50	112.50	30.00	0.03	1.53
YT-003	159.60	0.15	59.40	11.90	975.60	0.57	10.20	—	—	0.13	2.53
YT-006	157.50	0.12	70.90	9.40	599.40	0.56	9.90	—	—	0.26	1.88
ZQYT-001	155.10	0.12	66.10	12.00	606.00	1.00	9.20	—	—	0.30	2.00
ZQYT-002	150.50	0.12	62.20	11.10	720.00	0.66	9.80	—	—	0.23	1.88
全球闪长岩	260.00	0.07	72.00	9.00	800.00	0.90	20.00	2.40	0.20	—	0.18
全球花岗岩	200.00	0.05	60.00	5.00	300.00	1.00	20.00	1.50	0.26	0.00	0.63

　　注：全球花岗岩和闪长岩数据来自维诺格拉多夫的研究（Vinogradov，1962）；矿区岩浆岩数据来自甘肃省地
矿局第三地质队；YT-003 等 4 个数据为作者测试得到。

　　岩浆岩稀土元素特点：稀土元素总量较高，$\sum REE$ 值为 $134.44\times10^{-6}\sim331.23\times10^{-6}$，富含轻稀土元素，LREE/HREE 比值为 $10.82\sim18.30$，稀土配分模式（图 2-10）为右倾轻稀土富集型，具较明显弱-中负铕异常（δEu 为 $0.59\sim0.85$）和不明显的弱铈负异常（δCe 为 $0.77\sim0.95$）。

　　从图 2-10 可以看出，格尔括合岩体和忠曲岩体的稀土配分模式极为相似，都为轻稀土富集型，具弱的铕负异常，铈异常不明显。这说明格尔括合岩体和忠曲岩体不仅同源，而且演化路径也极为相似。忠格扎拉岩体与以上两种岩体有一定的差异，表现为明显的铕负异常，较微弱的铈负异常。由图 2-11 可以看出，格尔括合岩体和忠曲岩体的微量元素含量分布模式极为相似，反映出同源的特点。

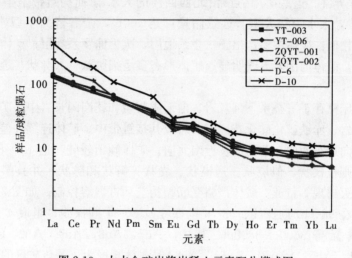

图 2-10　大水金矿岩浆岩稀土元素配分模式图

注：D-6——忠格扎拉二长斑岩；D-10——忠格扎拉岩体；YT-003——格尔括合岩体；
YT-006——格尔括合岩体；ZQYT-001. 忠曲岩体；ZQYT-002. 忠曲岩体。

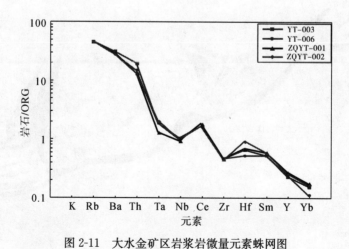

图 2-11　大水金矿区岩浆岩微量元素蛛网图

注：YT-003——格尔括合岩体；YT-006——格尔括合岩体；ZQYT-001——忠曲岩
体；ZQYT-002——忠曲岩体。

第三章 矿床地质特征

第一节 金矿带与金矿体分布特征

大水金矿区目前已发现大水、贡北、格尔托、忠曲、辛曲及恰若等一系列金矿床（点）和金矿化异常。这些矿床（点）沿北西西向的大水-忠曲构造带呈串珠状断续分布（图2-2）。其中，大水为特大型（远景储量可达100t），余者皆为小型。各矿床（点）矿化特征非常相似：矿体主要产出于三叠系地层，次为侏罗系地层；矿体的产出严格受断裂构造控制，矿体与围岩界线明显；矿体形态多呈细脉状、大脉状、透镜状、囊状及不规则枝叉状。

大水金矿床赋存于三叠系下部灰岩、白云质灰岩和花岗闪长岩中。矿体主要产于赤铁矿化硅化灰岩、赤铁矿化硅化花岗闪长岩及其接触带中。矿体连续性差，规模小，数量多。矿体走向近东西向、北西向及近南北向。矿体倾角较陡，达45°～80°。矿体形态复杂，呈不规则枝杈状、似层状、透镜状、囊状、筒状和脉状，并具膨大、缩小、分枝、复合及尖灭再现等特征，矿体严格受断裂构造和古岩溶控制。如图3-1所示，矿体主要集中分布在98-110勘探线、68-78勘探线及80-84勘探线，组成4个较大的矿体群，矿体出露标高3600～3800m，其中，Au7，Au8，Au9，Au20-1A，Au20-1B，Au37A，Au58，Au59，Au60，Au61，Au87号矿体规模大，是该矿区的主矿体，也是

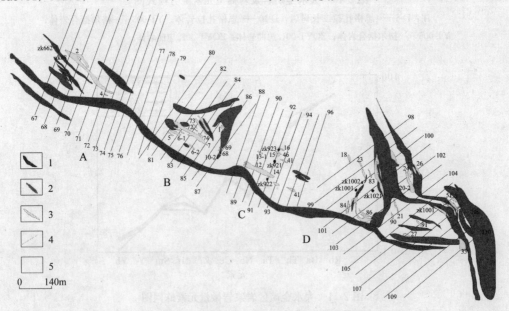

图3-1 大水矿区矿体平面分布示意图

注：1.方解石脉；2.闪长岩脉、岩枝；3.金矿体及编号；4.勘探线及编号；5.灰岩、白云岩。

表 3-1 大水金矿部分矿体特征一览表

矿体编号	矿体分布范围	矿体规模/m			品位/(g/t)	矿体形态	赋矿围岩
		长度	厚度	延深			
Au2	68-72 勘探线	210	3.78~18.98	215	11.08	长条状	顶盘为方解石脉、底盘为灰岩破碎带
Au7	76-84 勘探线	200	1.51~28.55	195	11.4	长条状	顶盘为细晶灰岩、底盘为花岗闪长岩
Au20-2	100-105 勘探线	200	8.60~47.10	300	8.67	不规则板状	顶盘为细晶灰岩、底盘为花岗闪长岩

大水金矿开采的重点。现将部分主要矿体特征（表 3-1）分述如下：

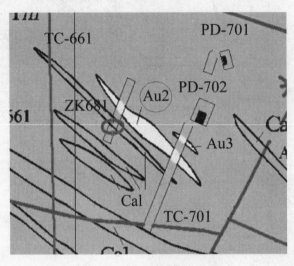

图 3-2 Au2 号矿体示意图

（1）Au2 号矿体：主要分布在 68-72 勘探线，矿体产于白云质灰岩、花岗闪长岩及白云质灰岩与花岗闪长岩的接触带中。矿体展布方向为北西向，矿体具强烈的赤铁矿化、硅化。矿体形态较复杂，为脉状、枝杈状，从地质图上看也呈透镜状（图 3-2 和图 3-3）。产状为 $200°\sim220°\angle50°\sim60°$。矿体长 210m，宽 3.78~18.98m，矿体平均品位为 8.81g/t。从垂向上来看，矿体产状不稳定，可以分为 3 个部分，出现了膨大-缩小-膨大的特点。膨大部位以细小脉状的金矿化相连。从 3770m 到地表，矿体几乎平行地分为 3支，其产状变化也不大，并且呈雁行式排列，累计厚度可达 20m 左右。

3610~3720m 也是矿体的一个膨大部位，该段矿体的产状变化较大，呈现出合并—分支—合并的特点，最厚时矿体可达 10 多米，向上逐渐变窄，直到尖灭。在 3430~3500m 也出露了一段矿体，矿体产状非常稳定，厚度约 5m 左右，向上延伸直到破碎带时尖灭，这可能是由于后期构造错动而出现在这里的一段矿体。2 号矿体的顶板为一层较厚的方解石脉，由碳酸钙与热卤水强蚀变形而成为金矿体的盖层。底板为灰岩破碎带，部分金矿体就产在该破碎带中。矿体产出的岩石大多为硅化灰岩。

矿体延展方向为北西方向，矿体的南端显示出膨大的特点，形成了一个矿囊。这正是两组断裂交叉部位，显示出两组构造复合控矿的特点。矿体产状为 $140°\angle50°$，另外交切的一组节理产状为 $260°\angle58°$。从图和照片（图 3-4 和图 3-5）中可以看出矿体平面展布明显受两组断裂控制（NW 向和 NNW 向）。

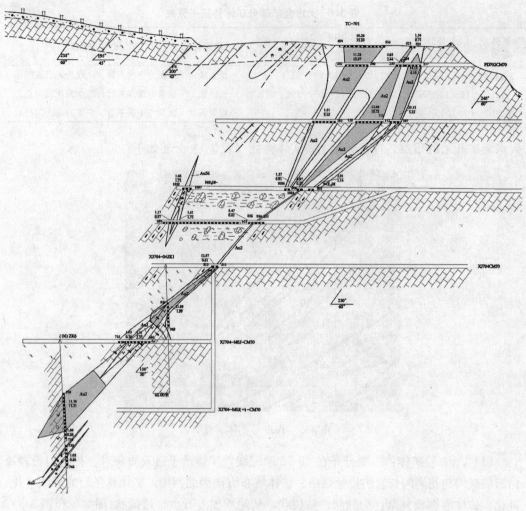

图 3-3　Au2 号矿体 70 线勘探线剖面

图 3-4　Au2 号矿体两组断裂构造控制照片

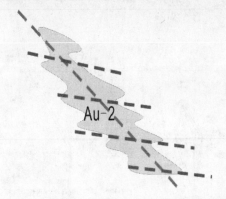

图 3-5　Au2 号矿体两组断裂构造控制示意图

（2）Au7 号矿体：分布于 76-84 勘探线，地表出露长度 200m，宽度 2.10～17.95m，金平均品位为 20.24g/t；由地表向下金矿体厚度变化不大，都为 20m 左右。但是矿体的产出形态出现了分支—复合膨大—分支的特点。从地表向下平均品位的变化为：15.88g/t—10.2g/t—7.4g/t—8.8g/t，整体上看有降低的趋势。矿体展布方向为北西向，产状为 30°∠70°～75°，最大延深已超过 165m，且具有西北头下伏，东南头抬升的特点。金矿体产于白云质灰岩和花岗闪长岩的构造破碎带或花岗闪长岩超覆部位，矿体具强烈硅化、赤铁矿化和碳酸岩化，在硅化强烈地段，局部形成硅质岩或似碧玉硅质岩，具明显网脉状-角砾状构造，矿石自然类型有似碧玉硅质岩型、构造角砾岩型、蚀变碎裂白云质灰岩型和蚀变碎裂花岗闪长岩型。该矿体的形态很复杂，具明显的膨大、缩小、复合、再现等特征。从图 3-6 中矿体剖面图可以看出矿体明显受两组断裂控制，即 F4 和 F5，矿体膨大部位总厚度可达 50m 以上，局部有花岗闪长岩脉产出。通过深钻孔资料显示，在 3300m 以下仍有矿体产出。

（3）Au20-2 矿体：主要分布在 102-103 勘探线，矿体产于花岗闪长岩及灰岩与花岗闪长岩接触带，花岗闪长岩多出现在矿体下盘且部分就是矿体。矿体展布方向近南北向，与区域构造线大体垂直，矿体平面形状呈不规则板状，在 103 勘探线最宽达 47m，矿体长 200 余米，延深 300 余米，平均品位 8.26g/t，别地段品位最高达 353 g/t。矿体向下逐渐变小、个品位降低，具强烈的赤(褐)铁矿化、硅化。矿石类型主要为赤铁矿化硅化灰岩型和赤铁矿化硅化花岗闪长岩型等。该矿体在走向上向南抬起、向北倾伏。该矿体处于南北向和北西西向断裂的交叉点上，受两组断裂的叠加作用而成矿（图 3-7）。

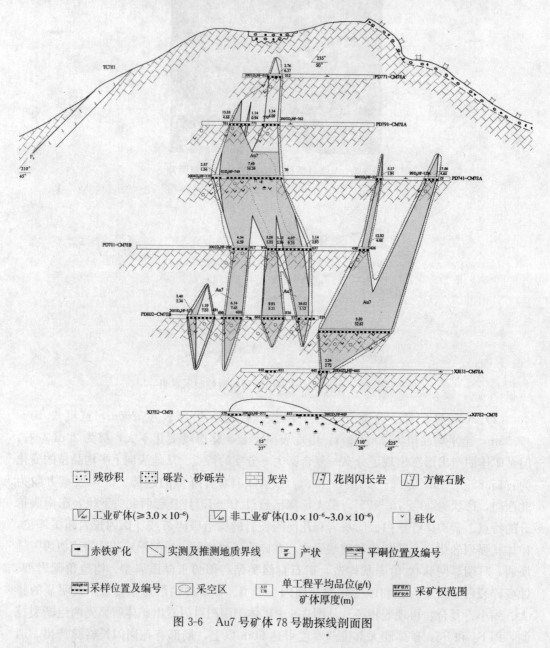

图例：

残砂积　砾岩、砂砾岩　灰岩　花岗闪长岩　方解石脉

工业矿体(≥3.0×10⁻⁶)　非工业矿体(1.0×10⁻⁶~3.0×10⁻⁶)　硅化

赤铁矿化　实测及推测地质界线　产状　平硐位置及编号

采样位置及编号　采空区　$\dfrac{单工程平均品位(g/t)}{矿体厚度(m)}$　采矿权范围

图 3-6　Au7 号矿体 78 号勘探线剖面图

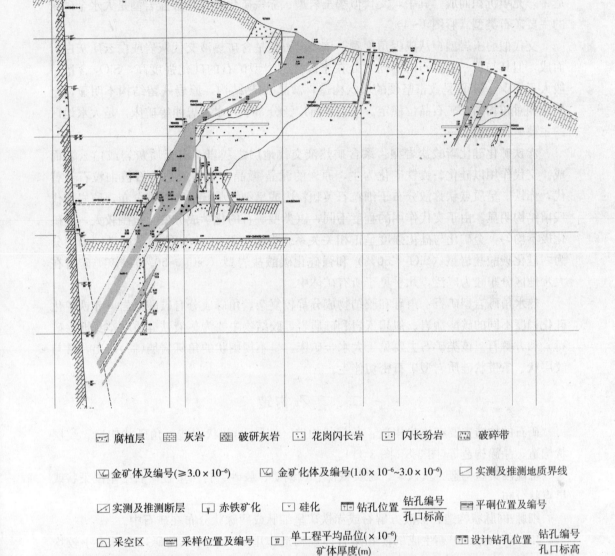

图例：

腐植层　　灰岩　　破研灰岩　　花岗闪长岩　　闪长玢岩　　破碎带

金矿体及编号(≥3.0×10⁻⁶)　　金矿化体及编号(1.0×10⁻⁶~3.0×10⁻⁶)　　实测及推测地质界线

实测及推测断层　　赤铁矿化　　硅化　　钻孔位置　钻孔编号/孔口标高　　平硐位置及编号

采空区　　采样位置及编号　　单工程平均品位(×10⁻⁶)/矿体厚度(m)　　设计钻孔位置　钻孔编号/孔口标高

设计平硐位置及编号

图 3-7　Au20-2 号矿体 103 号勘探线剖面图

第二节　矿石组构

一、矿石类型

大水金矿的矿石类型较多，按矿化原岩不同可分为花岗闪长岩型和灰岩、白云质灰岩型。按矿化作用方式的不同可分为交代蚀变岩型、充填沉积岩型。交代蚀变岩型包括赤铁矿化硅化碳酸盐岩型、交代似碧玉岩型和赤铁矿化硅化花岗闪长岩型，系含矿热液交代不同成分的原岩而成。充填沉积岩型包括水热角砾岩型、块状硅质岩型和细脉或网脉状硅化花岗闪长岩型，是含矿热液于不同的构造空间（角砾间隙、张性断裂或裂隙构造带）充填沉积而成。其中，交代似碧玉岩型、赤铁矿化硅化碳酸盐岩型是大水金矿床的主要矿石类型（彩图 1~4）。

交代似碧玉岩型：从成因角度看，该类矿石也是含矿热液交代灰岩或白云质灰白岩而成，但其与第一类矿石的不同之处在于似碧玉岩型矿石的硅化强度高，SiO_2 含量一般大于 70%。矿石呈致密坚硬的块状构造，微晶-细晶结构，原岩残留结构不明显，金矿化相对较均匀，矿石品位稳定。该类矿石广泛分布于大水、忠曲等矿床，是大水地区的主要矿石类型之一。

赤铁矿化硅化碳酸盐岩型：系含矿热液交代地层之灰岩、白云质灰岩或白云岩而成。交代作用以硅化、赤铁矿化为主，原岩的泥晶-微晶方解石或白云石被细粒石英替代，赤铁矿呈质点状弥散分布于细粒石英颗粒内或呈细短脉状沿微裂隙分布，原岩交代残留结构明显。由于交代作用的程度不同，该类型矿石的化学成分变化范围较大，金矿化极不均匀，金矿化与硅化强度呈正相关关系。根据矿石中 SiO_2 的含量可进一步划分为弱硅化碳酸盐岩型（$SiO_2 < 50\%$）和强硅化碳酸盐岩型（$SiO_2 > 50\%$）。该类矿石在大水地区分布较为广泛，几乎见于所有矿体中。

热水角砾岩型矿石：角砾和胶结物成分都较复杂。角砾成分有碳酸盐岩、赤铁矿化硅化程度不同的碳酸盐岩、似碧玉岩和硅质岩，胶结物主要为热液铁硅质（本身即为矿石）和方解石。该类矿石主要见于大水金矿床，呈不规则状的角砾岩墙（筒）产出，常与纹层状、条带状硅质岩型矿石密切伴生。

二、矿石构造

矿石的构造主要有块状构造、条带状构造、细脉-网脉状构造、角砾状构造、纹层状构造、晶簇构造等（图 3-8~图 3-11）。

稀疏浸染状构造：黄铁矿、磁黄铁矿、黄铜矿、辰砂、自然金在矿石中呈浸染状或星点状分布。

细脉-网脉状构造：热液方解石或赤铁矿呈细脉或网脉状分布在矿石中。

角砾状构造：早期生成的矿物集合体经构造作用多次破碎成角砾，角砾大小较均匀，粒径 1~3cm，被热液方解石、赤铁矿或石英胶结。

块状构造：未破碎的赤铁矿化、褐铁矿化、硅化的岩石呈块状出现。本区大部分岩石都为块状构造。

纹层状构造：在碧玉岩型矿石中，由铁质和硅质交替形成细层韵律。

条带状构造：由赤铁矿、石英等矿物集合体沿一定构造方向或层理作定向排列，呈条带相间出现。

碎裂-压碎构造：碎裂孔隙充填热液物质和角砾状构造互相过渡和叠加。

晶洞状构造：在碧玉岩中有完好的石英晶体或完整方解石晶体充填孔洞。

晶簇构造：在碳酸岩中，发育自由生长的方解石晶柱。

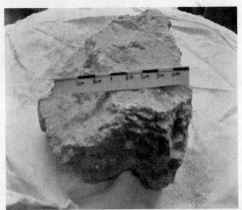

图 3-8　碎裂-压碎构造　　　　　　　　图 3-9　块状构造

图 3-10　细脉-网脉状构造　　　　　　图 3-11　条带状构造

三、矿石结构

矿石结构比较复杂，主要有以下 11 种形态。

自形-半自形-它形结构：由自形-半自形辉锑矿、雄黄、雌黄、黄铁矿呈星散状或浸染状嵌布在脉石中，其中，黄铁矿以立方体和五角十二面体最发育，由自形-它形自然金、辰砂呈粒状嵌布于脉石中。

假象交代结构：黄铁矿氧化成褐铁矿，但黄铁矿的晶形（立方体、五角十二面体）仍保留原结构。

草莓状结构：褐铁矿呈草莓状-球状体聚合在一起，草莓状粒径一般在 0.032mm，这种球粒有的有序，有的无序，其粒间有自然金分布，脉状褐铁矿碎块分布在草莓球粒的外层。

胶状结构：褐铁矿呈胶体状，具褐-黄褐色条带，因颜色深浅的差异而呈条带状。

自形粒状结构：黄铁矿、毒砂等金属硫化物呈自形粒状嵌布于脉石中。

交代碎裂结构：方解石、玉髓沿碎裂、裂隙充填交代。

交代残留结构：部分褐铁矿交代黄铁矿，核心为黄铁矿残留体。

隐晶质结构：磁铁矿、赤铁矿多呈尘状隐晶体分布在碧玉岩中。

交代角砾结构：方解石、玉髓、褐铁矿充填交代角砾和胶结物。

碎裂-角砾状结构：赤铁矿、褐铁矿、石英及方解石充填裂隙或胶结角砾而成。

栉壳、皮壳结构：该结构在贡北较发育，角砾周围有次生石英形成栉壳，角砾中褐铁矿形成皮壳。

第三节　矿物成分

矿石中金属矿物成分主要为赤铁矿，褐铁矿等，其他硫化物之和不超过矿物总量的1%，有黄铁矿、辰砂、辉锑矿、雄黄、雌黄等。非金属矿物主要有方解石、石英、长石等，其他如白云石、绢云母、高岭土、黑云母、角闪石等含量少或很少。

通过宏观和微观鉴定，矿石矿物有 40 种。与金有关的矿物有黄铁矿、赤铁矿、褐铁矿、辰砂、雄黄、雌黄、方铅矿、硬锰矿、石英、方解石等（图 3-12～图 3-13）。

通过大量岩石光薄片的镜下观察，结合 X 衍射、扫描电镜、能谱分析等一系列仪器手段，笔者查明了大水金矿床的矿石矿物组合。金属矿物以自然金、赤铁矿、褐铁矿为主，其次还含有少量黄铁矿、毒砂和白铁矿等。非金属矿物以方解石、石英为主，其次还有白云石、绿泥石、绢云母等。

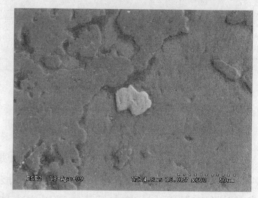

图 3-12　黄铁矿自形(左)及它形(右)扫描电镜图
(分析单位：成都地质矿产所)

赤铁矿多呈不规则团块状、短脉状、环带状或皮壳状沿构造裂隙及其交叉部位或孔洞分布。赤铁矿在镜下以细粒状为主，粒径一般 1mm±（10×10），个别可达 10mm±（10×10）。它常与褐铁矿共生，两者在镜下不难区别：赤铁矿为灰白微带蓝色，而褐铁矿为灰色；反射率前者高于后者，故前者较亮，而后者较暗；前者显非均性，后者显均质性；前者的内反射色为不均匀的深红色，而后者为黄褐色。有的赤铁矿呈脉状分布于岩石细裂隙中，两者常伴生（共生）在一起，构成不连续脉状，但多数仍保存了原磁铁矿八面体和等粒状外形，因此，推断它们为磁铁矿氧化产物。

a. 不规则长条状自然金（黄色）分布于方解石中（10×10 k782-032）

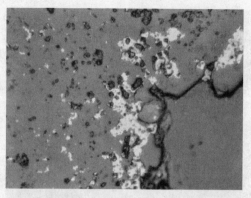

b. 细粒状，不规则状赤铁矿分布于岩石中（10×20 k782 032）

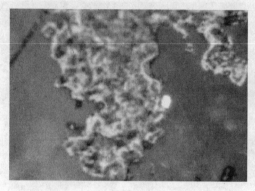

c. 自然金（黄色）分布于赤铁矿边缘的脉石矿物中（10×40 ZQ3-502）

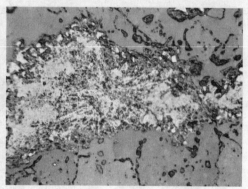

d. 针状、纤维状赤铁矿集合件（灰白色）与褐铁矿（深灰色）一起构成菊花状构造分布于脉石矿物中（10×20 ZQ3-502）

图 3-13　大水金矿部分含金光片照片

（光片分析单位：成都理工大学地球科学学院）

　　黄铁矿在本区出现较少，手标本中基本没有发现过。在镜下，黄铁矿也只是零星地出现，呈黄白色，高硬度，显均质性，形态有的呈立方体，有的呈不规则状，分布于脉石矿物中（图 3-14～图 3-16）。

　　矿区内热液方解石脉体非常发育，与金矿化存在密切的时空伴生关系，常构成矿体的顶底板。根据方解石脉体的空间产出形态、结晶习性及其与金矿化的关系可将矿区内方解石划分为 3 个时期：

　　（1）早期细粒方解石，系成矿早期伴随面型热液硅化交代作用的产物。大量细粒石英的沉淀使含矿热液性质由硅质过饱和状态向富含碳酸盐方向转化，并交代碳酸盐岩、花岗闪长斑岩等形成第一期方解石化，表现为：碳酸盐岩中的泥晶方解石重结晶、花岗闪长斑岩中长石和暗色矿物等斑晶发生方解石化，沿构造裂隙充填的石英-方解石细脉。

　　（2）中期纹层状、条带状细粒方解石，见于纹层状硅质岩型矿石中，系含矿热液于开放空间内分异沉淀而成。该期方解石与成矿的关系最为密切。

图 3-14　显微镜下立方体状黄铁矿（10×10）　　　图 3-15　显微镜下不规则状黄铁矿（10×10）

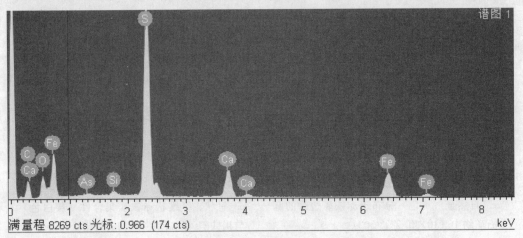

图 3-16　黄铁矿颗粒能谱分析谱线图

（3）晚期粗粒-巨晶方解石，该期方解石脉体在矿区内最为发育，方解石结晶粗大，呈深褐色、锈红色、纯白色等，在矿区分布广泛，呈方解石墙产出。

石英：该矿床的石英主要为隐晶-微晶玉髓状石英，为各种硅质岩型矿石的主要组成矿物，因热液温度下降很快而从中迅速沉淀形成。

自然金：通过对镜下光薄片的观察，该矿床的金都以微细粒自然金的形式产出，多数呈等粒状，少数呈长条状和板状，平均粒度为 0.02mm，产出的位置也不固定，可以在方解石、褐铁矿、脉石矿物及岩石裂隙中产出（图 3-13a 和图 3-13c）。

表 3-2　金矿物能谱分析　　　　　　　　（单位：wt%）

测点号	Au	O	Ca	Cr
1	96.51	3.49	—	—
2	97.05	2.95	—	—
3	99.19	—	0.81	—
4	98.25	—	1.16	0.58

第四节 金赋存状态

已有的资料和光薄片、电镜扫描及能谱分析研究显示，大水矿区金的存在形式以独立自然金为主，多呈金黄色；以不规则粒状为主，粒度细小；多呈细粒，最大粒度达1.3mm，部分呈八面体和正方细柱自形晶粒以及凹凸状、丘疹状、麻点状（图3-13a）；维氏硬度为VHN（kg/mm²）：50~60，具擦痕；反射率高，蓝光反射率为36.5％，绿光反射率为71％，密度为20~19 g/cm³。经电子探针分析，大水矿区金的纯度很高。而贡北则以银金矿、自然金为主，其中银金矿多于自然金，银金矿呈乳黄色，反射率高，粒度细小，最大粒度0.3mm；自然金呈金黄色，反射率高，两者赋存状态相同。

大水金矿床主要载金矿物为石英、褐铁矿、赤铁矿、方解石和黄铁矿、黄铜矿等；黄铁矿含金量0.03％，黄铜矿含金量0.13％；大水光片样自然金的颗粒统计结果显示，石英含粒间金、裂隙金、包裹金549粒，占载金矿物总量的55％；赤（褐）铁矿含裂隙金、包裹金307粒，占载金矿物总量的32％；方解石含粒间金、裂隙金、包裹金122粒，占载金矿物总量的12％。尤其是褐铁矿中金粒较粗，沉淀在褐铁矿边缘处或孔洞裂隙处。

大水和贡北矿区自然金含量最高99.53％，最低98.85％，平均含量99.29％，银平均含量0.06％，杂质主要有铜、铁等；根据电子探针分析结果，可计算出金的成色。大水矿区自然金成色很高，平均为999.4‰，可能与本区强烈氧化作用有关。在表生期，原生金溶解—迁移—沉淀富集，使金的成色进一步提高。

大水金矿床自然金嵌布特征研究结果表明，自然金与褐铁矿关系密切，嵌布于草莓状褐铁矿、褐铁矿粒间、褐铁矿裂隙和孔洞间、褐铁矿化硅化灰岩的角砾以及赤铁矿-似碧玉硅质岩中的自然金约占金总量的51.90％；嵌布于石英、长石裂隙中的自然金占金总量的16％；嵌布于石英与碳酸盐矿物之间的自然金占金总量的3.5％；嵌布于方解石脉粒间、解理、裂隙或碳酸盐矿物包裹体的自然金占金总量的7.7％；嵌布于脉石中的自然金颗粒细小，形态复杂，往往成群出现；银金矿主要嵌布于褐铁矿边缘处和细脉-网脉状石英脉中。

第五节 围岩蚀变

矿体近矿围岩蚀变严格受断裂破碎带控制，以中低温蚀变为特征。蚀变类型简单，常见有方解石化、赤（褐）铁矿化、硅化、绿泥石化、绢云母化、碳酸盐化、黄钾铁矾化等。

一、蚀变类型

蚀变类型中与金矿关系密切的有硅化、赤铁矿化、方解石化。

1. 赤（褐）铁矿化

赤（褐）铁矿化是与成矿有关的主要蚀变，大致分为3期。

早期：隐晶质、非晶质赤铁矿，与磁铁矿共生或交生，呈非隐晶质土状、隐晶质尘状、均匀分散状分布于矿石中，属于高温阶段析出产物。

中期：胶状、块状、肾状、结核状赤铁矿，与硬锰矿共生，分布在空洞、裂隙或微裂隙中。

晚期：褐铁矿化分布在磁铁矿、赤铁矿、硬锰矿颗粒间和周围，褐铁矿呈细脉状充填于微裂隙中。

2. 硅化

硅化是分布最广泛且最为重要的一种蚀变类型，大致呈 3 种形式产出。

硅化石英化：该期硅化较早，受构造作用，具压碎结构，含黄铜矿、黄铁矿等少量硫化物，石英粒度 0.05～0.1mm，石英内多含杂质，含尘状铁质物。

玉髓化：主要分布在碎屑基质中和角砾岩、碎裂岩胶结物或裂隙中，形成似碧玉岩或隐晶质硅质岩脉，与中期方解石脉并列充填在裂隙中，未见金属硫化物。

细脉-网脉状硅化：充填在微裂隙中，含低温硫化物，主要为雄雌黄、辰砂。

3. 碳酸盐化

碳酸盐化早期为面状碳酸盐化矿物，可识别 5 次明显重结晶大理岩化环带，以交代为主，方解石交代辉石和长石，使灰岩发生重结晶，析出尘状赤铁矿，在相同条件下，白云石方解石化强烈，使部分白云石呈隐晶质，多呈乳浊状褐黄色。

随后的脉状碳酸盐化可识别出 3 期。①矿化期前粗晶方解石脉，方解石结晶为中-粗粒或粗大的带状变晶，方解石呈马蹄状、环状，一般不含金属硫化物。②同矿化期的 3 个阶段碳酸盐化，呈细脉状、网脉状产出，含辰砂、黄铁矿等少量硫化物，晶洞或裂隙有自然金。a. 网脉状方解石、胶接矿化角砾岩。b. 主矿化期后强矿化方解石脉。c. 弱矿化方解石脉。③矿化期后巨晶方解石脉和充填晶洞中包裹矿化体角砾的粗晶方解石。多期碳酸盐化作用是多期热事件的具体表现，对金矿化体的寻找具一定指示意义。

二、蚀变分带

蚀变受具体地质条件和化学条件所控制，在不同的构造部位其发育情况有明显差异。本矿床的蚀变类型空间特征为：以矿体为中心，主要发育强烈硅化、赤铁矿化和网脉状石英-方解石化，矿体两侧为黄钾铁钒化和方解石化，在水平方向上由北向南依次为方解石化-强硅化，赤铁矿化-黄钾铁钒化。总体硅化、赤铁矿化强度随远离断裂破碎带而减弱，其间可形成一个连续的岩石过渡序列：硅化、赤铁矿化似碧玉岩或硅化赤铁矿化白云岩（细脉-网脉状）；产在断裂破碎带附近→赤铁矿化、方解石化灰岩（稀疏单脉、细脉）；产在断裂带两侧→正常灰岩（沿裂隙有铁染现象）。在硅化、赤铁矿化、方解石化基础上叠加有绢云母化。

三、围岩蚀变与金矿化关系

该区的围岩蚀变严格受到断裂及破碎带的控制，分布于岩体与地层的接触部位，多呈线状、带状，蚀变分带明显。蚀变以中低温热液蚀变为特征。蚀变类型简单，常见的有硅化、赤铁矿化、褐铁矿化、碳酸盐化，它们与成矿的关系也最为密切；其次还有黄钾铁钒化、高岭土化、绢云母化、绿泥石化等。

金矿化与硅化、赤铁矿化、方解石化密切相关，蚀变对金矿体起明显控制作用。本矿床所有金矿体的部位均在最强烈硅化、赤(褐)铁矿化、网脉状方解石化范围内。由于硅化、赤铁矿化、方解石化蚀变作用贯穿整个热液期，金矿化是在早期硅化、赤铁矿化基础上的叠加。因此，硅化、赤铁矿化最强烈的地段也是金矿化最富集的部位，这是本矿床的金矿化主要富集规律(图 3-17)。

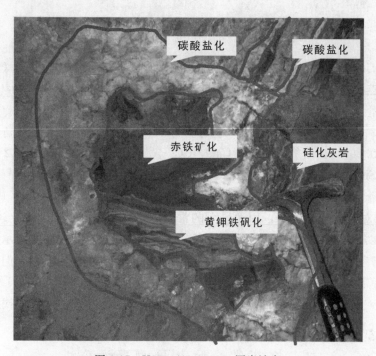

图 3-17 K3530(103)－004 围岩蚀变

硅化是指富含硅质的热液对围岩(碳酸盐岩、中酸性脉岩)进行交代，使围岩 SiO_2 含量增加，同时，原岩组构、矿物成分发生相应变化的热液蚀变作用。因此，硅化蚀变作用不包括铁硅质热液于开放空间直接沉淀而成的硅质岩和角砾岩的铁硅质胶结物。硅化是大水金矿区最重要的一种蚀变矿化作用，它贯穿成矿作用的全过程。硅化主要有两期，早期为面状、带状蚀变，蚀变范围广、强度大，主要表现为灰岩或白云质灰岩被交代成 SiO_2 含量不等的硅化灰岩、似碧玉岩，花岗闪长斑岩的基质大部分被交代成微晶石英、长石斑晶玉髓化；晚期转化为线型蚀变，以含方解石的石英细脉或网脉形式充填早期蚀变矿化体的构造裂隙。

赤铁矿化是大水金矿区所特有的一种蚀变矿化类型。赤铁矿化主要有两种产出形式：一种呈尘状或质点状弥散分布于微晶-细晶石英颗粒中，与早期硅化作用密切伴生；另一种呈不规则团块状、短脉状沿构造裂隙分布。

第四章 矿床地球化学特征

第一节 常量元素地球化学研究

一、岩(矿)石常量化学成分特征

大水金矿床金矿石类型以氧化矿石为主，我们在进行矿石化学成分（元素）研究时，把全部矿石先分为富金矿石（$Au>3g/t$）、贫金矿石及围岩（$Au<3g/t$）两类。大水金矿床常量元素化学成分分析结果列于附表 3。

由附表 3 可以看出，富金矿石（平均值为 62.87%）SiO_2 含量明显高于贫金矿石（平均值为 30.79%），而贫金矿石的 CaO，CO_2 含量又分别是富金矿石的 2 倍，说明在成矿过程中 SiO_2 的进入导致了 CaO，CO_2 的流失，它们互为消长。

一些常量元素或组分可以用来作为金矿床的指示剂。R. W. Boyle（1979）认为："利用原生晕对金进行勘察时，用途最大的常量组分，似乎是 SiO_2，K，Na，CO_2，S 和 H_2O。"在常量指示组分中，SiO_2/CO_2 和 K_2O/Na_2O 值具有较好的指示意义，一般来说，从远矿到近矿，前者逐渐降低，后者逐渐升高（刘英俊，1991）。但是对于大水金矿，从远矿到近矿 SiO_2/CO_2 值平均由 6.65 增大到 24.72，K_2O/Na_2O 平均由 3.09 减小到 2.17，恰恰与普遍情况相反。这说明了其成矿的特殊性，可作为找矿勘探的另一手段。

二、矿石常量元素 R 型聚类分析

用大水金矿床矿石的常量元素（附表 3）作 R 型聚类分析得到图 4-1，可看出以下主要特征：

取相似水平（标尺）为 20 时，矿石常量元素分为两类。第一类：SiO_2 与 Na_2O 聚为一类，证实了该矿与硅化的密切关系。SiO_2 为矿石中的一个独立主要组分。第二类：其他的元素聚为一类，它们是岩石和矿石中除了 SiO_2，CaO，CO_2 之外含量较少的组分，可能代表一类混合来源的成分。

取相似水平（标尺）为 14 时，第二类中 Au 和 Al_2O_3，Fe_2O_3，K_2O 及 TiO_2 等聚为一类，它们正是除 SiO_2 以外，矿（岩）石中常量元素含量较高的一类，与金矿化有密切关系，主要代表上地壳组成元素。另外，CaO，CO_2，MgO 等聚为一类，反映了原岩的组分特征。

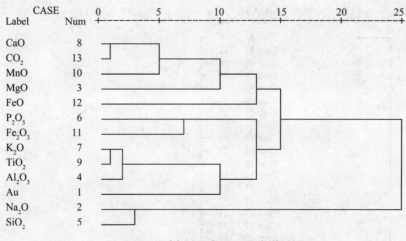

图 4-1　矿石常量元素 R 型聚类谱系图

三、结合因子分析的 Q 型聚类分析

为进一步提高 Q 型聚类的分辨率，先将附表 3 中的数据作 R 型因子分析，得到正交因子解得分阵，以此数据作 Q 型聚类分析。

对 54 个样品取 3 个有效因子进行分析，得到更进一层的聚类。结果表明，岩矿石重新聚为 1、2、3 类，第 1 类为蚀变较强烈的岩石，第 2 类为硅质成分较高的岩石，第 3 类为碳酸盐岩类（图 4-2）。

为了直观表现化学成分与不同类型样品的关系，再利用附表 3 作对应分析，由于取前 2 个主因子 F_1 和 F_2 的累积方差贡献百分比已达 64%，包含了大部分信息，为简化作图，将 R 型和 Q 型因子载荷结果同时在 F_1，F_2 主因子平面投点，得到图 4-3，由该图可以看出：

①化学成分比较分散，其中尤以 SiO_2，CaO，Al_2O_3 相互远离，表明这 3 种成分的主要来源有明显区别。

②Al_2O_3，Fe_2O_3 等包含在蚀变岩石区内，表明这 2 种成分可能主要来自围岩地层。

③MgO，CaO 都包含在碳酸盐岩区内，表明这 2 种成分可能有共同来源。

④Na_2O，K_2O 等处于中间部位，说明它们的来源有多区岩性的贡献。

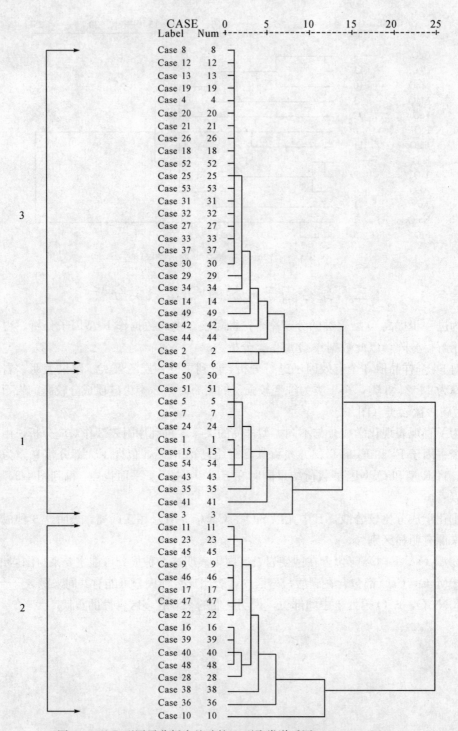

图 4-2　以 R 型因子分析为基础的 Q 型聚类谱系图（$N=54$；$M=3$）

注：N. 样品个数；M. 聚类数。

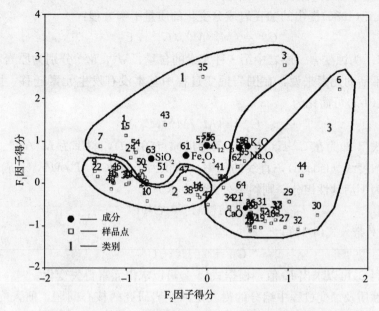

图 4-3　大水金矿围岩、矿石和主要化学成分对应分析主因子平面图解

四、含矿剖面常量组分

由表 4-1、图 4-4 可知，这 4 个样品中的氧化物具有相关性，可以看做蚀变的渐变序列。

表 4-1　大水金矿含矿剖面常量化学成分　　　　（单位:%）

送样号	样品名称	Na_2O	MgO	Al_2O_3	SiO_2	P_2O_5	K_2O	CaO	TiO_2	MnO	Fe_2O_3	FeO	H_2O^+	H_2O^-	CO_2	合计
k3530-6	白云质灰岩	0.083	1.068	0.172	0.725	0.011	0.014	53.694	0.013	0.007	0.054	0.050	0.410	0.150	38.480	99.161
k3530-71	不含矿	0.028	0.740	0.144	0.605	0.012	0.009	54.529	0.006	0.007	0.100	0.050	0.300	0.060	38.910	99.410
k3530-72	贫矿	0.072	1.215	1.946	16.968	0.038	0.079	42.418	0.007	0.040	1.320	0.050	1.060	0.030	30.780	99.340
k3530-73	富矿	0.085	0.113	3.664	82.822	0.051	0.136	5.297	0.076	0.006	2.090	0.120	1.210	0.130	3.620	99.140

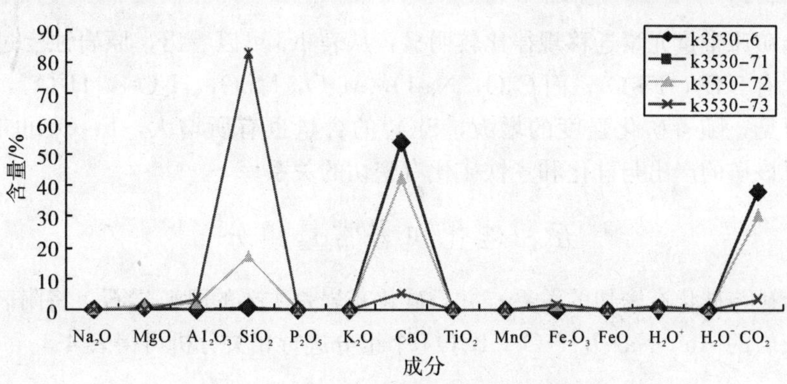

图 4-4　含矿剖面常量组分对比图

根据 Grant(1986)提出的蚀变岩成分变化的质量平衡方程：

$$C_i^A = (M^0/M^A)(C_i^0 + C_i) \tag{4-1}$$

式中，C_i^A，C_i^0 为蚀变岩、原岩中第 i 种元素的含量，M^0，M^A 分别为原岩和蚀变岩的质量，对于不活动元素来说，在围岩蚀变过程中基本没有发生元素迁移，因此可认为 $C_i = 0$，则式(4-1)可简化为

$$C_i^A = (M^0/M^A)(C_i^0) \tag{4-2}$$

显然，式(4-2)为在 C_i^A-C_i^0 图上一条穿过原点（0，0），斜率为 M^0/M^A 的直线，即等地球化学浓度线（isocon），直线的斜率（体积因子）：$K = M^0/M^A$，若确定 1 种或 2 种以上元素为不活动性组分，则斜率公式可表示为

$$K = M^0/M^A = C^A/C^0 \tag{4-3}$$

将式(4-3)带入式(4-1)得

$$C_i = C_i^A/K - C_i^0 \tag{4-4}$$

根据式(4-3)可以求出 K 值，根据式(4-4)可以求出元素得失变化。

原岩的性质及蚀变过程中组分的得失是蚀变岩研究的核心问题。前人的研究表明，最佳惰性元素是 Th；其次是 Al_2O_3，P_2O_5，TiO_2 等。这几种元素在蚀变过程中质量得失率均较小，Al_2O_3 和 TiO_2 在很多热液矿床蚀变中均可作为惰性组分，所以在矿床围岩蚀变过程中，Al_2O_3 和 TiO_2 作为惰性组分具有普遍意义。C_i^A-C_i^0 图上通过原点和惰性组分最佳趋势线的斜率即为 K 值。岩石蚀变过程中，体积的变化可以从 K 值上粗略地反映出来：当 $K > 1$ 时，体积亏损；当 $K < 1$ 时，体积增大；但当 K 值接近 1 时，岩石密度可能会影响体积变化。

这里选择 Al_2O_3 为惰性组分，运用式（4-3）分别计算了原岩到各类蚀变岩元素的 K 值，运用式（4-4）分别计算了从原岩到蚀变岩元素的得失量（表 4-2）。

表 4-2　大水金矿含矿剖面常量元素得失量

样号	K	Na₂O	MgO	SiO₂	P₂O₅	K₂O	CaO	TiO₂	MnO	Fe₂O₃	FeO	H₂O⁺	H₂O⁻	CO₂
1-2	0.837	-0.05	-0.184	-0.002	0.003	-0.003	11.438	-0.006	0.001	0.065	0.01	-0.052	-0.078	7.996
1-3	11.314	-0.077	-0.961	0.775	-0.008	-0.007	-49.945	-0.012	-0.003	0.063	-0.046	-0.316	-0.147	-35.76
1-4	21.302	-0.079	-1.063	3.163	-0.009	-0.007	-53.445	-0.009	-0.007	0.044	-0.044	-0.353	-0.144	-38.31

大水金矿床常量元素迁移规律比较明显，从表 4-3 可以看出，原岩蚀变过程中带入的主要元素有 SiO_2，Fe_2O_3，而 CaO，Na_2O，MgO，MnO，H_2O^-，H_2O^+，CO_2 等迁出。由此可见，随着矿化强度的增大，SiO_2 的含量也有所增大，Fe_2O_3 也有所富集。这就印证了该矿的产出与硅化和赤铁矿化有密切的关系。

五、硅化灰岩常量组分

大水金矿与硅化有密切的关系，并且硅化灰岩是主要的赋矿岩石。将附表 3 中的灰岩及硅化灰岩的 Au，Na_2O，SiO_2，K_2O 4 个组分进行相关分析可得表 4-3。

表 4-3　灰岩及硅化灰岩常量组分相关分析表

元素	Au	Na$_2$O	SiO$_2$	K$_2$O
Au	1.000	0.627	0.754	0.710
Na$_2$O	0.627	1.000	0.506	0.457
SiO$_2$	0.754	0.506	1.000	0.840
K$_2$O	0.710	0.457	0.840	1.000

由表 4-3 可以看出，该金矿 SiO$_2$ 与 Na$_2$O 和 K$_2$O 的相关系数分别为 0.506 和 0.840，说明随着硅化强度的增大，Na$_2$O 和 K$_2$O 的带入很明显。这与前面所叙述的岩体中的 Na 和 K 流失可能有一定的关系。Na 和 K 由热液作用从岩体中进入灰岩地层并且成为了促进成矿的有利因素。

Au 与 SiO$_2$，Na$_2$O 和 K$_2$O$_3$ 的相关性也很好，相关系数分别为 0.754、0.627 和 0.710。在热液蚀变过程中，SiO$_2$ 的加入可以理解成热源的加入，促使了热液与围岩的相互作用，进而促进了金富集成矿。Na$_2$O 和 K$_2$O 在金成矿的过程中是否起作用，还需进一步查证。

第二节　微量元素地球化学研究

一、岩矿石微量元素特征

为了对大水金矿床金矿石与围岩进行详细、系统的微量元素化学成分研究，我们在矿区选择了具有代表性的中段、剖面和地表采场露头进行调研和取样（取样共 110 余件），从中选出有代表性的矿、岩石样品共 54 件进行了测试分析。在进行微量元素化学成分研究时，我们根据实际情况把全部矿石分为富金矿石（Au>3g/t）、贫金矿石（Au<3g/t）两类。结果详见附表 4。

由附表 4 可看出富金矿石和贫金矿石的微量元素有以下特点：

①灰岩型矿石金品位最高，平均 Au 44.15g/t，尤其是硅化灰岩，最高可达 122 g/t。其他几类矿石 Au 品位都低于 10g/t，这与灰岩硅化有密切关系。

②本区富金矿石总体都富 Ag 和 W，W 在各类型金矿石种含量变化不大，为 66.60×10^{-6}~92.29×10^{-6}；Ag 的含量变化较大，为 0.13×10^{-6}~5.37×10^{-6}。它们相对于地壳丰度都比较富集，都是地壳丰度的几十倍，甚至上百倍（表 4-4）。

③贫金矿石较富金矿石，其 Ag 和 W 的含量都较低，但也高于地壳丰度值。其他元素都和丰度值很接近，甚至低于地壳丰度值（表 4-4）。

④最富金的矿石同时也是最富含银的矿石，表明金与银呈正相关关系。

⑤Pb 和 Ni 在贫金矿石中的含量比在富金矿石中高，说明它们与金呈负相关关系。

⑥本区金矿石总体 Co/Ni 比值都较高，大部分富金矿石的 Co/Ni 比值>1/2（克拉克值 Co 为 30×10^{-6}，Ni 为 60×10^{-6}；Co/Ni=1/2），说明本区富金矿石大多都受深源热液的影响。

表 4-4　　大水金矿微量元素含量对比表　　　　　　（单位：10^{-6}）

元素	围岩（23）	矿石（17）	地壳丰度
Au	0.426	20.613	0.004
Ag	0.215	2.409	0.080
As	1.585	6.742	2.200
Bi	0.004	0.307	0.004
Cu	5.301	7.970	63.000
Pb	19.523	11.569	12.000
Mo	0.862	1.261	1.300
W	14.015	78.879	1.100
Sb	45.309	168.948	0.600
Co	4.523	9.705	25.000
Ni	15.338	14.548	89.000

注：地壳丰度数据引自黎彤著《化学元素的地球化学率度》。

二、矿石微量元素 R 型聚类分析

对矿石微量元素作 R 型聚类分析，分析元素的相关性得出图 4-5。

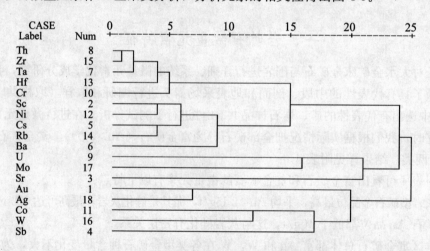

图 4-5　大水金矿矿石微量元素 R 型聚类谱系图

（1）取相似水平（标尺）为 23 时，矿石微量元素聚分为 3 类。

第 1 类：Th，Zr，Hf，Sc，Ni，Cr，Rb 和 Ta 等聚为一类，其中，Ni，Cr 等为典型的幔源组分，Ta，Sc，Cs 等都是上地壳成分。在金漫长的成矿作用过程中，深源物质沿途经过地壳层时不可避免地混染了上地壳成分。

第 2 类：U，Mo，Sr 聚为一类，与金的成矿有一定关系，所以在聚类上靠近金。

第 3 类：Au 和 Ag，Co，W，Sb 等聚为一类，它们都为相关元素，与金的成矿有密切关系。

（2）取相似水平（标尺）为 17 时，矿石微量元素聚分为 5 类。

第 1 类不变。

第 2 类细分为 2 类：U，Mo 聚为一类，Sr 单独聚为一类。

第 3 类细分为 2 类：Au，Ag 聚为一类，为相关性最好的一类；Co，W，Sb 聚为一类，它们与金的成矿密切相关，但较 Ag 次之。

三、脉岩的微量元素地球化学

由附表 4 得出大水金矿脉岩微量元素标准化蛛网图（图 4-6）。由图 4-6 可以看出，大水金矿岩浆岩的微量元素分布模式都极其相似，除了在 Rb 和 Ba 两种元素上有所差别外，其余都基本一致，这显示了它们同源的特征。Ba，Rb 为大离子亲石元素，性质很活泼，在热液作用过程中容易带入带出，所以在图中可以看见较大的变化。

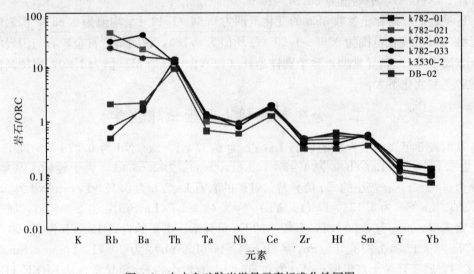

图 4-6　大水金矿脉岩微量元素标准化蛛网图

注：k782-01. 接触带脉岩；k782-021. 闪长玢岩；k782-022. 蚀变黑云母闪长玢岩；k782-033. 玢岩；k3530-2. 花岗闪长岩；DB-02. 碳酸盐化含石英闪长玢岩。

第三节　稀土元素地球化学研究

一、岩矿石稀土元素含量特征

由富金矿石（Au>3g/t）稀土元素分析结果表（附表 5）可看出岩矿石稀土元素具有以下特征：

①不同种类矿石的稀土元素都是轻稀土富集型 [即 La/Yb>1；Sm/Nd<0.33；$(La/Yb)_N>1$；$(La/Sm)_N>1$]，并且随着矿石品位的增高，有轻稀土越来越富集的趋势（La/Yb 变化为 5.23～43.24）。

②不同种类矿石的稀土总量变化范围在 9.35×10^{-6}～144.87×10^{-6}，平均值为 37.82×10^{-6}，最低的是灰岩矿石的稀土总量（9.35×10^{-6}）。

③不同种类矿石的稀土参数 δEu 变化范围在 0.35～1.16，平均值为 0.80，说明本

区金矿石稀土元素总体属弱 Eu 负异常型，其中有个别样品 δEu>1，呈 Eu 正异常型（如灰岩 δEu=1.16）。

由贫金矿石（0.3g/t<Au<3g/t）及围岩（Au<0.3g/t）稀土元素分析结果表（附表 5）可看出，贫金矿石及围岩的稀土元素主要有以下一些特征：

①贫金矿石及围岩的稀土元素都是轻稀土富集型（即 La/Yb>1；Sm/Nd<0.33；$(La/Yb)_N>1$；$(La/Sm)_N>1$），其中贫金矿石该比值相对较低（La/Yb 为 18.53），围岩的比值相对较高（La/Yb 为 23.40）。

②贫金矿石的稀土总量变化范围在 $2.62×10^{-6}$～$163.58×10^{-6}$（白云质灰岩最低为 $2.62×10^{-6}$，闪长玢岩最高为 $163.58×10^{-6}$），平均值为 $39.44×10^{-6}$；围岩的稀土总量变化范围在 $2.23×10^{-6}$～$147.35×10^{-6}$（不含矿灰岩最低为 $2.23×10^{-6}$，闪长玢岩最高为 $147.35×10^{-6}$），平均值为 $69.87×10^{-6}$。

③贫金矿石的稀土参数 δEu 的变化范围为 0.64～1.19（平均值为 0.83），围岩的稀土参数 δEu 的变化范围为 0.60～1.20（平均值为 0.78），说明本区贫金矿石与围岩的稀土元素属中等 Eu 负异常型，除个别样品外（如不含矿灰岩 δEu 值为 1.20，属特高值），其他各类型变化不大。

二、含矿剖面稀土元素地球化学

从附表 5 可知，不含矿的岩石 La/Yb 为 6.57>1，Sm/Nd 为 0.275<0.333，La/Sm 为 4.182>1，$(La/Yb)_N$ 为 4.43>1，$(La/Sm)_N$ 为 2.63>1，属于轻稀土富集型；δEu 为 0.89<1，有较小的 Eu 负异常。贫矿的岩石 La/Yb 为 5.17>1，Sm/Nd 为 0.227 <0.333，La/Sm 为 4.133>1，$(La/Yb)_N$ 为 3.48 >1，$(La/Sm)_N$ 为 2.60 >1，属于轻稀土富集型；δEu 为 0.90 <1，有较小的 Eu 负异常。富矿的岩石 La/Yb 为 45.56 >1，Sm/Nd 为 0.150<0.333，La/Sm 为 11.884>1，$(La/Yb)_N$ 为 30.71>1，$(La/Sm)_N$ 为 7.48>1，属于轻稀土富集型；δEu 为 0.80 <1，有较小的 Eu 负异常。从 LREE/HREE 也可以看出：富矿>贫矿>不含矿。随着矿化程度的加强，岩石更富轻稀土元素。

从附表 5 可得出大水金矿含矿剖面稀土元素配分模式图，如图 4-7 所示。

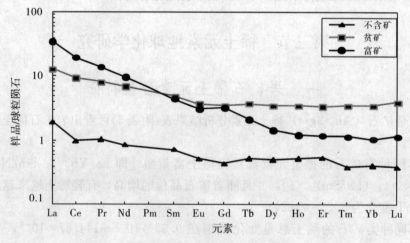

图 4-7　大水金矿含矿剖面稀土元素配分模式图

注：k3530-71. 不含矿；k3530-72. 贫矿；k3530-73. 富矿。

从图 4-7 可看出：

①从总体上看，大水金矿床富矿石、贫矿石和不含矿岩石稀土分布都呈右倾型，即为轻稀土富集型，但它们的稀土总量不同，因此可看出它们之间清晰地分开而没有重叠。

②图中 3 种岩石的稀土分布模式基本相同，都有较小的 Eu 负异常（下凹型不明显），稀土总量以富矿最高，非含矿岩石最低。

③贫矿和不含矿岩石较富矿岩石都富含重稀土元素。贫矿和不含矿岩石的稀土元素分布几乎呈两条平行的直线，只是稀土的总量有较大的差异，这说明热液的影响可能还是有稀土元素的带入。随着矿化程度的加强，受热液改造的期次也会增多，所以会产生稀土元素的流失和富集，呈现出富矿岩石中某些稀土元素较贫矿岩石中富集，有的贫化。

三、脉岩稀土元素地球化学

由附表 5 可知，闪长玢岩的 La/Yb 为 32.788>1，Sm/Nd 为 0.176<0.333，La/Sm 为 7.104>1，$(La/Yb)_N$ 为 22.106>1，$(La/Sm)_N$ 为 4.469>1，属于轻稀土富集型；δEu 为 0.970<1，有微弱的 Eu 负异常。蚀变黑云母闪长玢岩的 La/Yb 为 38.514>1，Sm/Nd 为 0.176<0.333，La/Sm 为 6.567>1，$(La/Yb)_N$ 为 25.966>1，$(La/Sm)_N$ 为 4.131>1，属于轻稀土富集型；δEu 为 0.805<1，有 Eu 负异常。花岗闪长岩的 La/Yb 为 31.905>1，Sm/Nd 为 0.175<0.333，La/Sm 为 7.097>1，$(La/Yb)_N$ 为 21.510>1，$(La/Sm)_N$ 为 4.465>1，属于轻稀土富集型；δEu 为 0.778<1，有 Eu 负异常。碳酸盐化含石英闪长玢岩的 La/Yb 为 43.509>1，Sm/Nd 为 0.170<0.333，La/Sm 为 7.104>1，$(La/Yb)_N$ 为 29.333>1，$(La/Sm)_N$ 为 4.785>1，属于轻稀土富集型；δEu 为 0.743<1，出现了 Eu 负异常。在稀土元素总量上，4 个样品的含量差距不大。

由附表 5 可得出大水金矿脉岩中稀土元素配分模式图，如图 4-8 所示。

从图 4-8 可看出：

①从总体上看，大水金矿床岩浆岩稀土分布都呈右倾型，即为轻稀土富集型，它们

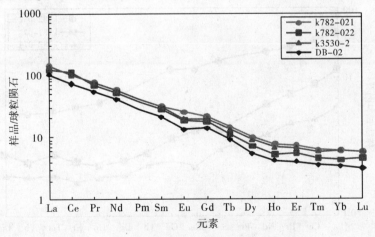

图 4-8 大水金矿脉岩中稀土元素配分模式图

注：k782-021. 闪长玢岩；k782-022. 蚀变黑云母闪长玢岩；k3530-2. 花岗闪长岩；DB-02. 碳酸盐化含石英闪长玢岩。

的稀土总量都很接近。

②图中有 3 种岩石的稀土分布模式基本相同，都有明显的 Eu 负异常（下凹型不较明显），但碳酸盐化含石英闪长玢岩的 Eu 负异常不明显。

③图中 4 种岩石的稀土元素分布模式基本相同，所以呈现出 4 条较平行曲线，甚至闪长玢岩和花岗闪长岩的某些点有重合现象。

由图 4-8 可知，4 种岩石的稀土元素分布都很接近，说明它们有一定的相关性（可能是同源）。碳酸盐化蚀变岩矿石和正常岩石具有类似的稀土元素配分模式，即富集轻稀土而重稀土相对亏损、铈异常不明显而铕异常显著。但碳酸盐化蚀变岩矿石和正常岩石在稀土元素总量、分异程度上存在明显差异，这可能与流体中带入稀土元素的方式、带入稀土的矿物类型和流体性质的差异等因素有关，反映成矿物质来源存在差异。所以碳酸盐化含石英闪长玢岩的稀土元素分布相对其他 3 种岩石来说偏低，可能是受后期热液作用导致了稀土元素的损失。而蚀变黑云母闪长玢岩的轻稀土分布与其他 3 种岩石的轻稀土分布相似，重稀土元素在蚀变过程中有所流失。未蚀变的闪长玢岩和花岗闪长岩的稀土分配模式极为相似，显示出同源特征。

四、硅化灰岩稀土元素地球化学

由附表 5 可知，含矿的硅化灰岩的 La/Yb 为 20.192>1，Sm/Nd 为 0.241<0.333，La/Sm 为 3.889>1，$(La/Yb)_N$ 为 13.614>1，$(La/Sm)_N$ 为 2.446>1，属于轻稀土富集型；δEu 为 0.907<1，有较小的 Eu 负异常。含矿的硅化灰岩的 La/Yb 为 31.000>1，Sm/Nd 为 0.142<0.333，La/Sm 为 11.481>1，$(La/Yb)_N$ 为 20.900>1，$(La/Sm)_N$ 为 7.222>1，属于轻稀土富集型；δEu 为 1.120<1，为 Eu 正异常。不含矿的硅化灰岩的 La/Yb 为 15.000>1，Sm/Nd 为 0.200<0.333，La/Sm 为 6.429>1，$(La/Yb)_N$ 为 10.113>1，$(La/Sm)_N$ 为 4.044>1，属于轻稀土富集型；δEu 为 0.668<1，有明显的 Eu 负异常。

由附表 5 可得出大水金矿硅化灰岩中稀土元素配分模式图，如图 4-9 所示。

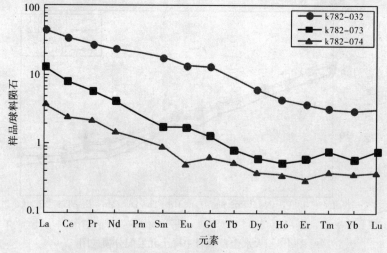

图 4-9　大水金矿硅化灰岩中稀土元素配分模式图

注：k782-032. 硅化灰岩（含矿）；k782-073. 硅化灰岩（含矿）；k782-074. 硅化灰岩。

由图 4-9 可知：

①大水金矿的稀土元素分布都为右倾型，为轻稀土富集型。3 种岩石的稀土总量相差较大。

②不含矿的硅化灰岩出现了明显的 Eu 负异常，而含矿的 2 个硅化灰岩样品出现了 Eu 正异常或负异常不明显。

③稀土总量含矿硅化灰岩明显高于不含矿的硅化灰岩。

由此可以看出，硅化灰岩的稀土配分模式变化较大，而且稀土总量也相差很远，这是否是由于形成的期次不同，还有待考究。矿化的硅化灰岩比非矿化硅化灰岩的稀土总量要高，可能是先期形成的硅化灰岩在后期热液过程中又遭受了热液的改造而成矿。

五、硅质岩稀土元素地球化学

由附表 5 可得图 4-10 和图 4-11。

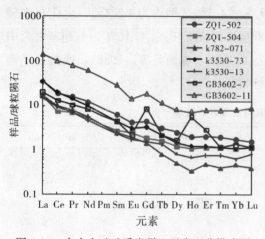

图 4-10　大水金矿硅质岩稀土元素配分模式图
注：ZQ1-504. 碳酸盐化含铁硅质岩；ZQ1-502. 碳酸盐化碎裂含铁硅质岩；k782-071. 钙质含赤铁矿硅质岩（含矿）；k3530-73. 弱矿化细粒硅质岩（富矿）；k3530-13. 褐铁矿化细粒硅质岩；GB3602-7. 碳酸盐化含矿硅质岩；GB3602-11 为含细砂泥质硅质岩。

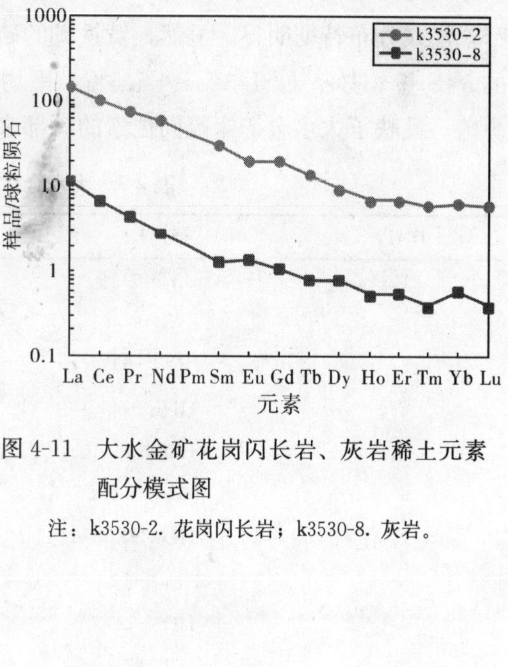

图 4-11　大水金矿花岗闪长岩、灰岩稀土元素配分模式图
注：k3530-2. 花岗闪长岩；k3530-8. 灰岩。

由图 4-10 和图 4-11 可知：

①大水金矿硅质岩的稀土元素分布都为右倾型，为轻稀土富集型。稀土总量都相差不大，除了含细砂泥质硅质岩。这可能是由于该岩石中含有泥质而对稀土元素有吸附作用，导致了稀土元素含量的增高。

②贡北（GB 开头的样品）的两个硅质岩样品具有明显的 Eu 负异常，其他的样品都只具有微弱的 Eu 负异常，Ce 异常不明显。

③分别从贡北、忠曲、大水 3 个点来看，含矿的硅质岩比不含矿的硅质岩的稀土总量都要高，说明在热液作用过程中有稀土元素的带入。

对比硅质岩与矿区内岩浆岩、灰岩的稀土曲线（图 4-10 和图 4-11）可以看出，硅质岩稀土总量、配分曲线形态以及 Eu 异常特征等方面均与岩浆岩接近，而与灰岩差别显著，表明硅质来源与岩浆活动关系密切。与此同时，可以看出硅质岩的稀土元素分布大致可分为 2 种类型：①REE 较高、负铈异常明显；②REE 低、负铈异常不明显。造成这种情况的原因可能有 2 种：①可能与成岩作用有缓慢交代沉淀和快速充填沉积 2 种不同的动力学过程有关；②富硅质热液可能具有不同的来源或具相同来源的热液经历了不同的演化历程。

第四节　同位素地球化学研究

一、硫同位素

硫同位素测定的矿物主要为深部闪长岩型矿石中发现的黄铁矿样品，分析结果见表 4-5。由表 4-5 可知，黄铁矿的 $\delta^{34}S$ 为 $-1.8‰\sim+4.1‰$，平均为 $+2.4‰$，变化范围较窄，塔式分布特征明显。显然，黄铁矿的硫同位素组成 $\delta^{34}S_{硫化物}\approx+2‰$，与超基性岩中的 $\delta^{34}S$ 基本吻合（$-1.3‰\sim+5.5‰$，平均为 $1.2‰$）（魏菊英等，1988），或接近于幔源硫，反映了大水金矿床硫同位素的深部来源特征。

表 4-5　大水金矿硫同位素分析结果

序号	样号	样品名称	$\delta^{34}S_{V-CDT}$
1	YD49	黄铁矿	2.2
2	YD19	黄铁矿	-1.8
3	$HD_{PY}-99$	黄铁矿	4.1
4	$HD_{PY}-6$	黄铁矿	1.8
5	$HD_{PY}-7$	黄铁矿	2.1
6	$HD_{PY}-17$	黄铁矿	3.1
7	$HD_{PY}-8$	黄铁矿	2.8
8	$HD_{PY}-13$	黄铁矿	3.2
9	$HD_{PY}-2$	黄铁矿	1.6
10	HD167	黄铁矿	3.4
11	HD180	黄铁矿	2.1
12	HD171	黄铁矿	3.8
13	YD49	黄铁矿	2.8

注：表中数据引自袁万里著《甘肃省玛曲县格尔珂金矿田金成矿地质地球化学特征》。

二、碳氧同位素

我们通过测试部分样品，并结合已有资料获得了方解石、灰岩及硅质岩的碳氧同位素数据，如表 4-6 所示。

表 4-6　大水金矿碳氧同位素组成统计参数表　　　　　　（单位：‰）

测试对象	$\delta^{13}C_{PDB}$		$\delta^{18}O_{SMOW}$	
	变化范围	平均值	变化范围	平均值
早期方解石（4）	$-2.7\sim4.3$	1.40	$6.63\sim7.87$	7.42
晚期方解石（9）	$-0.8\sim2.4$	0.53	$16.42\sim19.42$	18.61
灰岩（10）	$-1.0\sim1.6$	0.43	$16.02\sim23.95$	20.70
含矿灰岩（6）	$-1.2\sim3.4$	1.50	$8.60\sim13.44$	11.24

从表 4-6 可以看出，方解石分为早期和晚期方解石，具体数据见表 4-7。4 件早期方解石的 $\delta^{13}C_{PDB}$ 为 $-2.7‰\sim+4.3‰$，均值为 $+1.4‰$；7 件晚期方解石的 $\delta^{13}C_{PDB}$ 为 $-0.8‰\sim+2.4‰$，均值为 $+0.53‰$；从早到晚，热液方解石的碳氧同位素组成表现出 $\delta^{13}C$ 值降低（$1.40‰\sim0.53‰$）、$\delta^{18}O$ 值增高（$7.42‰\sim18.61‰$）的变化趋势，表明早期成矿热液富氧化态 ^{13}C 而贫 ^{18}O，晚期则富还原态 ^{12}C 和 ^{18}O。在 $\delta^{13}C$-$\delta^{18}O$ 关系图上（图 4-12），早期方解石位于花岗岩范围之内或者附近，晚期方解石主要集中于海相碳酸盐或者附近。总体上看，碳同位素组成相对较低，与岩浆岩的碳同位素组成接近，表明矿液中的碳以深源为主，主要由赋矿闪长岩提供，但晚期方解石明显与碳酸盐溶解作用相关。

灰岩 $\delta^{13}C_{PDB}$ 介于 $-1‰$ 和 $+1.6‰$ 之间，平均值为 $+0.43‰$；含矿灰岩 $\delta^{13}C_{PDB}$ 介于 $-1.2‰$ 和 $+3.4‰$ 之间，平均值为 $+1.50‰$。灰岩 $\delta^{18}O_{PDB}$ 为 $16.02‰\sim23.95‰$，平均值为 $20.07‰$；含矿灰岩 $\delta^{18}O_{PDB}$ 为 $8.6‰\sim13.44‰$，平均值为 $11.24‰$（表 4-7）。在 $\delta^{13}C$-$\delta^{18}O_{SMOW}$ 关系图上，含矿灰岩位于花岗岩范围之内或者附近，不含矿灰岩样品主要集中于海相碳酸盐岩或者附近（图 4-12）。含矿灰岩和不含矿灰岩的 $\delta^{13}C$ 差别不大，而 $\delta^{18}O$ 明显不同，发生大幅度漂移，说明含矿灰岩是由岩浆水或大气降水与海相碳酸盐岩反应形成的。

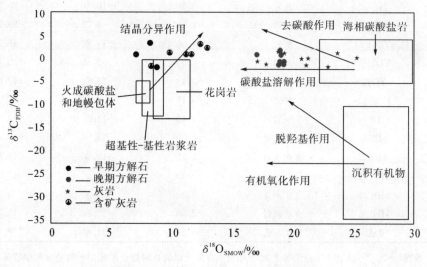

图 4-12　大水金矿 $\delta^{13}C$-$\delta^{18}O$ 关系图解

三、硅氧同位素

从表 4-8 可以看出，大水金矿硅质岩 $\delta^{30}Si$ 为 $-0.3‰\sim-1.0‰$，平均为 $-0.7‰$，硅同位素分馏程度较小；$\delta^{18}O$ 值为 $5.7‰\sim15.2‰$，主要分布于 $10‰\sim15‰$。研究表明，岩浆岩和热水沉积硅质岩（泉华、海底黑烟囱、磁铁石英岩等）一般具有较低的 $\delta^{30}Si$ 值，且大多偏向负值；石英岩或石英砂岩的 $\delta^{30}Si$ 值相对较高；生物沉积硅质岩 $\delta^{30}Si$ 值变化范围较大，为 $-3.7‰\sim+2.5‰$。因此，大水硅质岩矿石的硅同位素组成特征表明其具深部岩浆或岩浆热水来源的特点。

表 4-7　大水金矿碳氧同位素数据表　　　　　（单位：‰）

序号	样号	样品名称	$\delta^{13}C_{PDB}$	$\delta^{18}O_{PDB}$	$\delta^{18}O_{SMOW}$
1	HD11	早期方解石	−2.70	−22.30	7.87
2	HD112	早期方解石	4.30	−22.40	7.77
3	HD133	早期方解石	2.60	−23.50	6.63
4	GB3602-7	早期方解石	3.10	−21.70	8.60
5	ZQ1-504	早期方解石	3.20	−20.20	10.10
6	K782-032	晚期方解石	0.15	−12.10	18.50
7	HD9-1	晚期方解石	1.00	−11.10	19.42
8	HD9-2	晚期方解石	−0.50	−11.30	19.21
9	HD10-1	晚期方解石	−0.80	−11.90	18.59
10	HD10-2	晚期方解石	−0.20	−11.60	18.90
11	HD12	晚期方解石	2.40	−11.20	19.31
12	HD13	晚期方解石	−0.30	−12.10	18.39
13	HD107	晚期方解石	2.10	−140.00	16.43
14	HD68	灰岩	0.50	−14.40	16.02
15	HD73	灰岩	0.70	−9.60	20.96
16	HD74	灰岩	−0.10	−7.10	23.54
17	HD75	灰岩	0.60	−10.30	20.24
18	HD80	灰岩	1.60	−6.70	23.95
19	YD31-3	灰岩	1.00	−11.20	19.31
20	YD32-3	灰岩	−1.00	−9.80	20.76
21	YD39	灰岩	−0.40	−12.80	17.66
22	1022-53	灰岩	0.10	−5.40	25.30
23	D1	灰岩	1.30	−11.20	19.30
24	HD69	含矿灰岩	1.00	−18.80	11.48
25	HD71	含矿灰岩	1.10	−19.60	10.66
26	HD122	含矿灰岩	3.40	−17.00	13.34
27	HD124	含矿灰岩	2.20	−20.30	9.93
28	HD126	含矿灰岩	2.50	−16.90	13.44
29	L-D	含矿灰岩	−1.20	−21.60	8.60

注：数据 1~3，7~13 源于李红阳等于 2007 年著《甘肃大水闪长岩型金矿床的矿物地球化学特征》；14~29 源于韩春明等于 2004 年著《甘肃省玛曲大水金矿床地球化学特征》；4~6 为作者测试得到。

表 4-8 大水金矿硅氧同位素数据表 （单位:‰）

样号	样品名称	$\delta^{18}O_{SMOW}$	$\delta^{30}Si_{NBS-28}$
BB-2	硅质岩	8.3	−0.3
DS10-2	硅质岩	11.3	−0.8
DX6-12	硅质岩	10.2	−0.7
GT6-1	硅质岩	11.0	−0.5
ZQ7-2	硅质岩	12.7	−0.4
ZQ7-3	硅质岩	13.8	−0.1
BB-3	硅质岩	5.7	−0.6
ZQ6-17	硅质岩	11.6	−0.6
ZQ6-15	硅质岩	11.1	−0.7
ZQ6-16	硅质岩	10.4	−0.6

注：数据来源于陈国忠等于 2006 年著《西秦岭大水式金矿含金硅质岩地质地球化学特征及成因》。

四、锶同位素

近年来，Sr 同位素组成在探讨成矿物质来源方面得到了广泛应用。由于锶在海水中滞留时间（约 2~4Ma B.P.）远长于海水的混合时间（0~1.5Ma B.P.），因此可以认为海水中锶同位素的分布是均一的，并且海水中碳酸盐岩矿物沉淀时没有明显的 Sr 同位素分馏，其 Sr 同位素组成与海水基本一致。

从表 4-9 可以看出，大水矿区的硅化灰岩的 $^{87}Sr/^{86}Sr$ 都略高于三叠纪古海水（0.7075~0.7081）；而闪长岩脉的锶同位素比值较高。这说明岩浆在侵入过程中混染了壳源物质，再与三叠纪沉积碳酸盐岩发生相互作用，为成矿提供了有利条件。

表 4-9 大水金矿锶同位素数据表 （单位:‰）

序号	样品编号	样品名称	测试结果汇总	
			$^{87}Sr/^{86}Sr$	Std err
1	GB3602-81	矿化砾岩	0.709047	0.000011
2	K782-071	硅化灰岩	0.708438	0.000013
3	K782-022	闪长岩脉	0.719844	0.000013
4	ZQ1-504	硅化灰岩	0.709329	0.000028
5	K3530-3	硅化灰岩	0.709090	0.000020

第五章 流体地球化学与金迁移沉淀作用机理

　　流体在矿床的形成过程中起着举足轻重的作用，它是成矿物质得以活化、迁移、富集的主要介质，同时，流体的运移还能扩展有利的成矿空间。所以，流体包裹体在矿床学研究中的应用越来越广泛。

　　矿物包裹体是成岩成矿流体在矿物结晶生长过程中，被包裹在矿物晶格缺陷或穴窝中，至今尚在主矿物中封存并与主矿物有着相界限的那一部分物质。成矿流体包裹体研究是揭开成矿流体以及成矿作用机理的钥匙。研究包裹体的形成机理和捕获后经历的变化，可以区分包裹体的成因类型，进而确定成矿环境。另外，通过对包裹体的成分和物相变化进行研究，可以获得很多地质过程中的物理化学参数，通过对不同温度下包裹体内相变行为的观察，可以了解成岩成矿流体的温度、压力、密度、成分（包括盐度和稳定同位素组成），以及 pH、Eh、黏度、成矿年龄等参数。由于流体包裹体能代表成矿成岩时的古流体特征，从包裹体所获得的各种数据更能接近当时的流体环境，对不同岩石类型、不同成因类型矿床的包裹体特征进行研究，可以揭示岩石或矿床形成的地质环境、物理化学条件、成因和演化历史，从而弥补传统地质学中经常采用的以固体为主要研究对象带来的不足。对包裹体的研究不但具有理论意义，而且对于找矿勘探等实践工作也非常重要（卢焕章，2004；Roedder，1984；杨国强，2008）。

　　本书在进行部分测试并收集研究现存资料的基础上，通过对大水金矿流体包裹体进行研究来确定其成矿流体来源及矿床成因等。

第一节　流体包裹体特征

　　矿物中几乎都含有大小、数量不同的包裹体。包裹体是矿物形成时被俘获的成矿介质（溶液或流体），它可以反映成矿介质的本质特征。下面将从以下几个方面来分析矿物包裹体地球化学特征，以期再现大水金矿区成矿期的构造物理化学环境。

　　对大水金矿床成矿热液包裹体特征的研究，是将其磨制成 0.4～0.5mm 厚的包裹体薄片，在显微镜下进行观察。由于时间和经费限制，我们只做了为数不多的包裹体薄片，送中国地震局地质研究所（图 5-1～图 5-4）、成都理工大学地球科学学院（图 5-5）和中国科学院地质与地球物理研究所（图 5-6、图 5-7）分析。分析过程中主要采用加热法和冷冻法结合的方法，使用的主要仪器的型号为：英国 Ranishaw 公司的 Ranman-2000 型激光拉曼光谱仪、英国林克母（Linkam）THMSG 600 型冷热台（温度控制范围为 -196～600℃，精度为 0.1℃，升降温速率为 0.1～130℃/分）。

　　在研究过程中使用的方解石采自忠曲金矿 1.5 中段矿体；在室内，我们对采集样品进行了挑选，选择新鲜的、未经风化的、含较多透明矿物的方解石岩样。由于方解石是贯通矿物，普遍发育于成矿各个阶段，且比其他矿物透明度好，易观察到流体包裹体，所以我们将方解石作为观察对象。

从镜下观察可知，大水金矿床方解石中的流体包裹体发育不好，且形态各异，主要为原生包裹体。大水金矿床流体包裹体形态为不规则的菱形、长条形、圆粒形和不规则的矩形等，见图 5-1~图 5-6、表 5-1。形态各异的包裹体的共存现象说明了大水矿床在形成过程中可能遭受了后期热动力作用（韩春明等，2004）。

比较有代表性的忠曲 ZQ3-501 包裹体特征为：样品中包裹体很少，成点状分布，形态不规则。其中包裹体分布不规则，有沿着解理分布和延伸的趋势（图 5-1~图 5-5）。图 5-6 中上边两张图片为 ZQ501，下边两张图片为 ZQ504，均为方解石中部分包裹体图。方解石中的包裹体大多数无色透明，气、液相之间界线十分清楚。少部分包裹体中液相成分呈暗灰色，大部分气相成分呈现灰色、灰黑色。包裹体基本为单一的气-液两相型，气液比大小有差异，多在 1%~25%，均一状态都为液相。包裹体大小为 3~83μm，大多集中于 9~40μm，粒径较小的可能主要是一些单相包裹体和部分气液包裹体，很可能属于次生包裹体。

另外，由现有资料可知，在长石中见有两相气液包裹体，气液比小于 10%，包裹体呈不规则状，内部杂乱无章，看不清其相态的变化。有的包裹体降温后在回温时气相不再出现（气相在 0℃出现），无法测定其盐度。大水金矿床石英粒度很小（直径 0.05~0.1 mm），且石英内多数含有杂质、尘状铁质和泥状物，包裹体不发育；玉髓质石英、似碧玉岩或硅质岩矿石主要由隐晶-微晶质石英组成，其中的流体包裹体个体非常小，见有熔融的包裹体，一般在 1μm 以下，所以在测温过程中选择的都是以方解石为主矿物的包裹体（韩春明等，2004；闫升好，1998）。

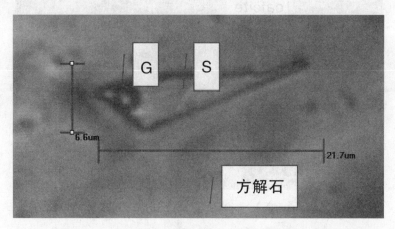

图 5-1　zq3-501-1（25℃，常温下；放大倍数 50×25）

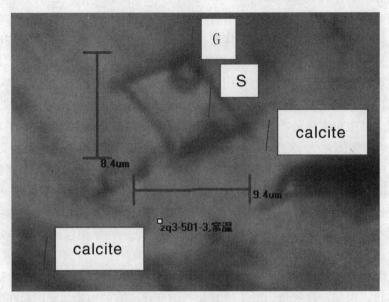

图 5-2 zq3-501-2（25℃，常温下；放大倍数 50×25）

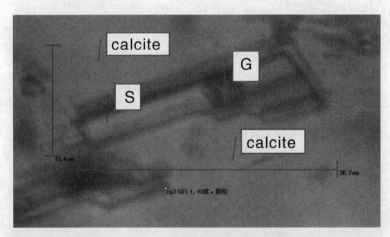

图 5-3 zq3-501-3（−40℃，固结状态；放大倍数 50×25）

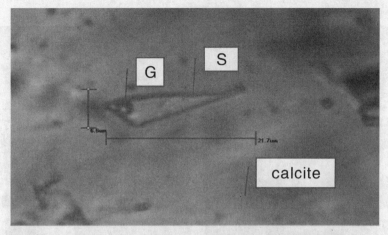

a. 25℃时，常温下气泡位于三角形包裹体的左侧，开始升温

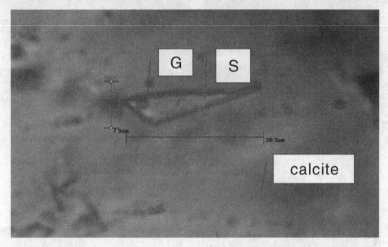

b. 持续升温至140℃，均一之前，气泡逐渐变小并有向边缘靠近的趋势，继续升温

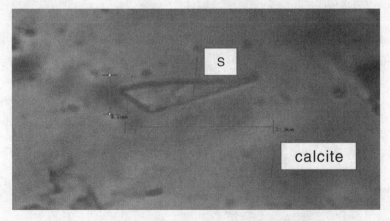

c. 升温至169.4℃，气泡完全消失，气相消失，气液均一，该温度即为均一温度

图 5-4　zq3-501-1 包裹体均一温度测定过程

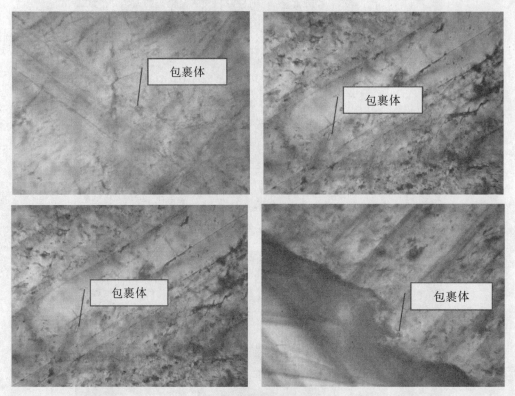

图 5-5　大水金矿包裹体形态图

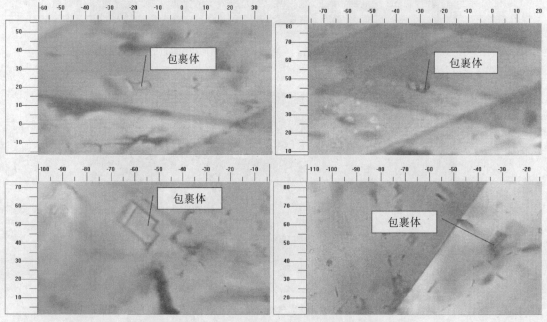

图 5-6　ZQ501（上）和 ZQ504（下）部分包裹体的图片

注：图片引自中国科学院地质与地球物理研究所，标尺单位为 μm。

表 5-1　大水金矿矿物包裹体特征

序号	矿区	样号	主矿物	形状	大小/μm	类型	气液比/%	颜色	均一相态	均一温度/℃	冰点/℃	资料来源	时间/年
1	忠曲	ZQ3-501	方解石	三角形	21.8	V-L	1	无色	液相	169.4	−3.3	笔者	2010
2	忠曲	ZQ3-501	方解石	菱形	9.4	V-L	1	无色	液相	151.1	−3.7	笔者	2010
3	忠曲	ZQ3-501	方解石	不规则矩形	36.8	V-L	—	无色	—	爆破	−3.9	笔者	2010
4	大水	HD86-1	方解石	—	7～83	V-L	<10	—	—	148.9	—	袁万明	2004
5	大水	HD32	方解石	—	3～22	V-L	7～25	—	—	165.7	—	袁万明	2004
6	大水	DS-01	方解石	—	5～40	V-L	6～15	—	—	159.8	—	闫升好	1998
7	大水	DS-07	方解石	—	8～40	V-L	5～23	—	—	184.0	—	闫升好	1998
8	贡北	GB6-5-1	方解石	—	7～40	V-L	8～20	—	—	202.0	—	闫升好	1998
9	贡北	GB6-2-4	方解石	—	6～25	V-L	7～20	—	—	150.0	—	闫升好	1998
10	格尔托	HG16-1	方解石	—	4～21	V-L	15～20	—	—	192.2	—	袁万明	2004
11	格尔托	GT6-1-1	方解石	—	4～13	V-L	10～25	—	—	191.0	—	闫升好	1998

第二节　成矿流体热力学参数计算

　　成矿流体地球化学热力学参数研究是矿床地球化学研究的重要内容，通过分析和研究成矿热液作用中形成的流体（方解石）包裹体，并进行热力学参数计算，从而可查明热液成矿作用中流体的性质、演化规律，以及物理化学条件改变对金溶解迁移与沉淀的影响。

一、成矿流体包裹体成分

　　图 5-7 为 ZQ501 和 ZQ504 部分包裹体拉曼光谱图（资料引自中国科学院地质与地球物理研究所），横坐标代表拉曼位移（cm^{-1}），纵坐标代表拉曼散射相对强度。由于受到荧光效应的覆盖作用等影响，没能测出具体包裹体的成分，但从图 5-7 拉曼光谱图出现的峰值可看出包裹体中含有一定的有机质成分，表明有机质可能参与了成矿。本次研究使用了王平安（1997）包裹体成分数据（表 5-3），在此表示感谢。

　　大水金矿床热液成矿作用中形成的流体（方解石）包裹体成分分析结果见表 5-3。由表 5-3 可看出，大水金矿床流体包裹体的气液相组分主要包括 CO_2 和 H_2O，另外还包括少量 N_2，CO，H_2，CH_4。阳离子主要包括 Na^+，Mg^{2+}，K^+，负离子主要包括 F^-，Cl^-，SO_4^{2-}。这表明与成矿流体有关的流体包裹体的类型主要为 CO_2-NaCl-H_2O（其中 CO_2 含量最大）和 NaCl-H_2O（气液比约为 1%～25%），成矿流体主要为幔源来源。

　　由于本次研究没有测出包裹体初熔温度，也没有对包裹体相态有详细深入的研究，因此在确定流体体系上遇到困难。确定流体体系方法如下：根据方解石中的包裹体特征，CO_2 mol% 很低（表 5-4）；经计算氧逸度值较低（表 5-5）；另外，闫升好（1998）、

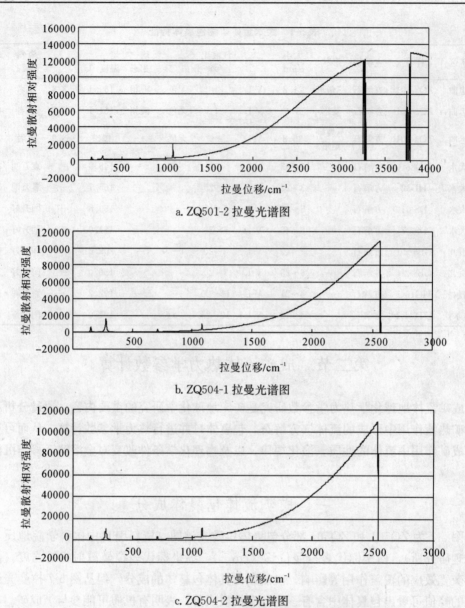

a. ZQ501-2 拉曼光谱图

b. ZQ504-1 拉曼光谱图

c. ZQ504-2 拉曼光谱图

图 5-7　ZQ501 和 ZQ504 部分包裹体拉曼光谱图

袁万明等（2004）已将体系基本确定为 $NaCl$-H_2O 体系；根据流体内阴阳离子特征及气相组分，本区成矿流体应为含碱质的水溶液，所以，本书将成矿流体确定为 $NaCl$-H_2O 体系。

（1）流体包裹体的液相成分：大水金矿床方解石中流体包裹体的阴离子以 F^-，Cl^-，SO_4^{2-} 为主，阳离子以 Na^+，K^+ 为主。

按流体成分主量阴、阳离子的摩尔浓度 $>1.0mol/L$，大水金矿流体包裹体成分类型：大水、格尔托及忠曲金矿的方解石属于 $NaCl$-K_2SO_4-H_2O-CO_2 型；格尔托金矿的矿石属于 $NaCl$-$(K，Mg)$-SO_4-H_2O-CO_2 型。

K^+ 含量普遍高于 Na^+ 含量，Na/K 摩尔数比值为 $0.16 \sim 0.91$，平均为 0.45。另

外，较高的 K 暗示成矿流体中岩浆热液的贡献，王义文（1990）、张德会（1998，1997）等认为（K+/Na+）>1 的金矿床其成矿流体基本上为岩浆热液成因。Roedder（1984）提出了确定成矿热液类型的经验指标：当（Na/K）<2，$[Na+/（Ca^{2+}+Mg^{2+}）]$ >4 时，为典型的岩浆热液型。

SO_4^{2-} 含量大于 F^-+Cl^- 含量，F^-/Cl^- 摩尔比值为 0.024~0.76。由此说明成矿流体是一种富含碱质的碱性溶液，这与矿石中 Na_2O，K_2O 含量显著增高的岩石化学特征相一致。鉴于矿床的赋矿围岩为海相碳酸盐岩，不存在高钾岩石，故可断定成矿流体的高钾特征反映了流体的来源与深部偏碱性的岩浆活动有关（闫升好，1998；何进忠，2008）。

方解石包裹体中 Ca^{2+} 成分极少，在格尔托金矿这样一个围岩为碳酸盐岩的地区，可能暗示了要么围岩蚀变的程度很低，没有 Ca^{2+} 离子加入，要么热液运移过程与碳酸盐岩围岩接触得很少。同时，这也说明了包裹体成分基本可以反映原始成矿流体特征。

（2）流体包裹体的气相成分：相对比较富 CO_2 和低盐度是大水金矿床的成矿流体特征。

表 5-3 中，包裹体的气相成分显示，成矿流体中的气体组分主要以 H_2O 蒸气为主，其次为 CO_2，含有少量的 CH_4，CO 和 N_2 等。氧化性气体（H_2O+CO_2）总量明显高于还原性气体（CH_4+CO+H_2）总量。CO_2/H_2O 比值为 0.015~0.075，平均为 0.037。格尔托的 CO_2/H_2O 值比较高，大水、忠曲比较低；总体平均为 0.037<1，该结果表明本矿床流体可能并非变质热液，可能有其他来源（段存基，2006）。

气体还原参数 R 值变化范围为 0.025~0.537，平均为 0.129，远小于 1，反映出成矿体系处于较强的氧化环境。这与矿石普遍发育赤铁矿而极贫原生硫化物的宏观地质特征相吻合。

二、包裹体温度测定

大水金矿床成矿热液方解石包裹体均一温度测定单位及结果见表 5-2。

表 5-2　大水金矿床成矿热液（方解石）包裹体温度测定结果

顺号	产出矿床	样品名称	均一温度/℃	
			变化范围	平均温度
1	大水金矿	方解石（49）*	115~386	186
2	贡北金矿	方解石（16）	138~289	176
3	格尔托金矿	方解石（12）	133~294	210
4	忠曲金矿	方解石（110）	115~387	193
5	大水金矿区	—	115~387	191
6	忠曲金矿	方解石	—	169
7	忠曲金矿	方解石	—	141

注：表中 1~5 数据引自闫升好于 1998 年著《甘肃大水特大型富赤铁矿硅质型岩型金矿床成因研究》；* 为测试包裹体个数。

由表 5-2 可看出，大水金矿区各矿床的成矿温度变化范围均较大。其中，大水金矿成矿温度变化为 105~386℃，贡北金矿为 138~289℃，格尔托为 133~294℃，忠曲为 115~338℃。这说明成矿作用经历了一个从高温到低温急剧变化的过程，与前人研究所得出的成矿作用是在浅成-近地表环境下进行的结论完全吻合（闫升好，1998）。各矿床成矿温度的峰值区间：大水为 150~200℃，贡北为 140~160℃，格尔托为 200~260℃，忠曲为 150~200℃。硅质岩矿石形成阶段的温度大致为 280~200℃，方解石形成阶段温度为 200~130℃。从上述结果可以看出，大水金矿属于中低温热液矿床。

由于本区成矿是浅成甚至超浅成（王勇，2002；闫升好，1998），所以均一温度基本上可以反映成矿成岩温度（赵希澈等，1979），因此我们没有对均一温度进行校正。

三、成矿流体物理化学参数计算

根据方解石包裹体成分可以进行成矿流体的物理化学参数计算。本书依据大水金矿床方解石包裹体成分分析结果（表 5-3），综合运用多种流体热力学的方法进行计算，结果见表 5-4。

成矿流体的物理化学参数计算主要运用到的公式和计算方法如下。

1. 离子重量摩尔浓度换算与盐度、密度、压力的计算

（1）离子重量摩尔浓度换算。在流体包裹体成分的测试结果中，通常给出的包裹体（气相和液相）重量单位是 $\mu g/g$ 或 10^{-6}，有的气相给出的单位是 mol%。为了进行流体的物理化学参数计算，包裹体的气相和液相成分要换算成离子重量摩尔浓度。

$$m_i = G_i \times 1000/(M_i \cdot G_{H_2O}) \tag{5-1}$$

$$epm_i = G_i Z_i \times 10^6 / M_i \left(\sum G_i + G_{H_2O}\right)$$

$$n_i = G_i / M_i$$

$$X_i = n_i / \sum n_i$$

式中，m_i 为组分 i 的重量摩尔浓度（mol/kgH_2O）；G_i 为组分 i 的重量（10^{-6}）；G_{H_2O} 为组分水的重量（10^{-6}）；M_i 为组分 i 的原子量（分子量）；epm_i 为离子 i 的百万分当量，即 10^6 溶液中离子 i 的克当量数；n_i 为气体 i 的摩尔数；$\sum n_i$ 为气体 i 的摩尔总数；X_i 为气体 i 的摩尔分数。

（2）盐度（S）计算。流体包裹体测定中，盐度是非常重要的流体成分信息，具有重要的矿床成因意义。计算盐度的方法和步骤如下所述。

公式计算法：在冷台下测定出包裹体冷冻温度后，根据 R. W. Potter（1978）等人的公式可以计算盐度：

$$S = \omega(NaCl) = \exp\left[\frac{\ln(A+B)}{3}\right] - \exp\left[\frac{\ln(A-B)}{3}\right]$$

$$A = (7.4 \times 10^5 \cdot \theta^2 + 4.15 \times 10^7)^{1/2}$$

$$B = 860.2 \cdot \theta$$

或

表 5-3　大水金矿床流体包裹体成分分析结果表（王平安，1997）

地点	矿物	流体包裹体成分浓度/(ng/g)								气相浓度/(10^{-6} mol/g)				参数			
		Na^+	K^+	Ca^{2+}	Mg^{2+}	F^-	Cl^-	SO_4^{2-}	H_2O	CO_2	CH_4	CO	N_2	Na/K	F/Cl	CO_2/H_2O	R
大水	方解石	0.430	2.100	0.000	0.000	0.160	0.860	1.760	40.783	0.859	0.000	0.022	0.014	0.350	0.350	0.022	0.025
忠曲	方解石	0.320	0.960	0.000	0.000	0.130	0.320	1.080	27.440	0.576	0.000	0.017	0.011	0.560	0.760	0.021	0.030
忠曲	方解石	0.270	1.620	0.000	0.000	0.090	0.660	1.490	20.951	0.319	0.000	0.008	0.000	0.290	0.250	0.015	0.025
格尔托	矿石	1.800	3.360	微量	0.240	0.030	0.470	9.440	30.307	2.288	0.011	0.051	0.018	0.910	0.120	0.075	0.027
格尔托	方解石	0.180	1.980	0.000	0.000	0.110	0.860	1.080	19.476	0.997	0.128	0.407	0.010	0.160	0.024	0.051	0.537
平均值		0.600	2.004	0.000	0.048	0.104	0.634	2.970	27.791	1.008	0.028	0.101	0.011	0.454	0.301	0.037	0.129

注: 0——未检测出结果；Na/K——摩尔比；R——气体还原参数（$CO+H_2+CH_4$）/CO_2。

表 5-4　大水金矿床成矿热液物理化学参数计算结果表

地点	均一温度/℃		矿物	物理化学参数计算结果							
	变化范围	平均温度		离子强度	m(NaCl)	$\lg f_{CO_2}$	$\lg f_{S_2}$	$\lg f_{O_2}$	pH	Eh (v)	盐度/(wt%)
大水	115~386	186	方解石	0.121593	0.904902	-2.13990	-11.55000	-47.40600	5.22743	-0.02634	5.18
忠曲	115~387	193	方解石	0.100608	0.494377	-1.95119	-11.18900	-46.59000	5.20328	-0.02932	2.83
忠曲	115~387	193	方解石	0.183881	0.709248	-2.08780	-11.18900	-46.62360	5.26856	-0.03775	4.06
格尔托	133~294	210	矿石	0.561446	2.484113	-1.37441	-10.35300	-45.01610	5.19038	-0.04258	14.22
格尔托	133~294	210	方解石	0.190562	0.766896	-0.00313	-10.35300	-45.02940	4.40458	-0.02293	4.39

$$S = 0.00 + 1.78\theta - 0.0442\theta^2 + 0.000557\theta^3$$

式中，S 为盐度（%），适用于含有 0%~23.3%NaCl 的水溶液；θ 为冰点温度（℃）。

此次在甘肃大水金矿区所取的样品中，包裹体数目很少，利用盐度计算公式计算的结果见表 5-7。表 5-7 表明该矿区成矿流体盐度都很低。所求盐度结果与其他学者所做工作（韩春明等，2004）所得成果相吻合：大水金矿盐度变化范围为 2.83% ~ 14.22%，平均为6.34%，大部分成矿流体盐度集中于 3%~7%。

（3）密度（P）计算。经过大量计算，包裹体中流体的密度不但是均一温度的函数，而且也是含盐度的函数。通常，流体包裹体中密度值达到 3 位有效数字即可满足地质上的需要，经过多种数学模型的选择，采用最小二乘法拟合曲线二次多项式，可以满足要求。计算流体包裹体密度可以用下面公式：

$$D = A + Bt + Ct^2 \tag{5-2}$$

式中，D 为流体密度；t 为均一温度；A，B，C 为无量纲参数，同时又是含盐度的函数：

$$A = A_0 + A_1W + A_2W^2$$
$$B = B_0 + B_1W + B_2W^2$$
$$C = C_0 + C_1W + C_2W^2$$

式中，W 为含盐度（NaCl%重量）；A_0，A_1，A_2，B_0，B_1，B_2，C_0，C_1，C_2 为无量纲参数，其数值如下：

$A_0 = 0.993531$，$A_1 = 8.7214 \times 10^{-3}$，$A_2 = -2.43975 \times 10^{-5}$

$B_0 = 7.11652 \times 10^{-5}$，$B_1 = -5.2208 \times 10^{-5}$，$B_2 = 1.26656 \times 10^{-6}$

$C_0 = -3.4997 \times 10^{-6}$，$C_1 = 2.12124 \times 10^{-7}$，$C_2 = -4.52318 \times 10^{-9}$

这几个式子形式简单，便于计算，其精度为 ± 0.004 g/cm³，适用范围：年均温度 ≤500℃；含盐度≤30%（wt）。将在热台下测定出包裹体均一呈液相的温度求和后得到的含盐度值代入式(5-2)中，即可求得包裹体中流体的密度，计算结果见表 5-7。

（4）压力（P）计算。根据相关研究，计算流体包裹体压力可以用下面公式（刘斌，1986，1987，1998）：

$$P = a + b \times t + c \times t^2$$

式中，a，b，c 为无量纲参数，不同盐度、密度下可查表求得；P 为压力（bar）；t 为温度（℃）。压力计算结果见表 5-6，单位已换算为 MPa。

2. 成矿流体的逸度计算

（1）二氧化碳逸度（f_{CO_2}）计算。由表 5-3 可知，包裹体的主要成分有 CO_2，CH_4，H_2O 和 CO 等，溶液达到平衡时可建立以下反应式（霍艳，2005）：

$$CH_4(L) + 2H_2O(L) = CO_2(L) + 4H_2(L) \tag{5-3}$$
$$CH_4(L) + 3CO_2(L) = 2H_2O(L) + 4CO(L) \tag{5-4}$$

二氧化碳逸度（f_{CO_2}）的计算由以上反应式导出，由式(5-3)可得：

$$\lg f_{CO_2} = \lg K_3 - 2\lg f_{H_2O} + \lg K'_{CH_4} - 4\lg K'_{H_2} - \lg X_{CH_4} - 4\lg X_{H_2} \tag{5-5}$$

由式（5-5）可得：

$$\lg f_{CO_2} = 2/3\ \lg f_{H_2O} + 3/4\lg K'_{CO} - 1/3\lg K'_{CH_4} - 1/3\lg K_4 + 4/3\lg X_{CO} - 1/3\lg X_{CH_4}$$

式中，K_i 为反应式 i 的平衡常数；K'_i 为水溶气体 i 的亨利系数；X_i 为水溶气体 i 的摩尔分数；f_{H_2O} 为水蒸气饱和蒸汽压值。

（2）硫逸度（f_{S_2}）计算。f_{S_2} 的计算与热液硫化物的矿物共生组合系列有关。由于不同矿物的平衡条件不同，因而矿物平衡的计算方程式与计算方法都不同。

在成矿阶段 2 和 3，热液金属硫化物共生组合出现黄铁矿与黄铜矿（袁万明，2004）时，建立以下反应式：

$$5CuFeS_2 + S_2 = 4FeS_2 + Cu_3FeS_4$$

则

$$K_2 = \alpha_{FeS_2}^4 \cdot \alpha_{Cu_3FeS_4} / \alpha_{CuFeS_2}^5 \cdot f_{S_2}$$

即

$$\lg f_{S_2} = \triangle G^0 / 2.303RT + \lg\ (a_{py}^4 \times a_{bn} / a_{cp}^5) = -\lg K_2$$

根据 Schneeberg(1972) 实验数据，成矿过程中（250～150℃）有：

$$\lg K_{(150℃)} = 13.41; \quad \lg K_{(200℃)} = 10.68; \quad \lg K_{(250℃)} = 8.48$$

所以得硫逸度：

$$\lg f_{S_2}(150℃) = -13.41; \quad \lg f_{S_2}(200℃) = -10.68; \quad \lg f_{S_2}(250℃) = -8.48$$

由于主成矿温度为 250～150℃（袁万明，2004；闫升好，1998），所以可以得到主要成矿期硫逸度为 $3.890 \times 10^{-14} \sim 3.311 \times 10^{-9}$，且随着温度的降低，其硫逸度逐渐变小。

据 Ripley 和 Ohmoto 提出的经验推倒公式（Ripley，Ohmoto，1977；1980）：

$$\lg K_{(T℃)} = 12.560 - 1.1067 \times (10^4 / T)$$

计算出的各温度 $\lg f_{S_2}$ 结果见表 5-5。

另外，表 5-1 中磁黄铁矿与黄铁矿共生关系可以用下面化学反应式表示：

$$FeS_{(s)} + 1/2S_{2(g)} = FeS_{2(s)} \tag{5-6}$$

$$\triangle G_T^0 = \triangle H_{298}^0 + T \cdot \triangle S_{298}^0 + \int_{298}^T \triangle Cp dT - T \cdot \int_{298}^T \triangle Cp dT + \int_{10^5}^P \triangle V dp$$

$$\lg K = -\triangle G^0 / 2.303RT$$

根据程伟基(1983)的研究可得：

$$\lg K_{(300℃)} = -5.75; \quad \lg K_{(250℃)} = -6.98$$

由 $\lg f_{S_2} = 2\lg K_2$ 可得平衡时硫逸度：

$$\lg f_{S_2}(300℃) = -11.5; \quad \lg f_{S_2}(250℃) = -13.96$$

最后，取平均值 $\lg f_{S_2}(250℃) = -11.22$。

由此结果可知，在早期硫化物阶段，硫逸度下限值为 1.0965×10^{-14}。

（3）氧逸度（f_{O_2}）计算。

根据程伟基（1983）研究所提供的计算数据，成矿开始时（300℃）：

$$\lg K_{(300℃)} = 33.35; \quad \lg K_{(250℃)} = 35.22$$

$$\lg f_{O_2} = 1.5 \times \lg f_{S_2} - 0.5 \times \lg K$$

所以，得氧逸度：

$$\lg f_{O_2}(300℃) = -33.925; \quad \lg f_{O_2}(250℃) = -38.55$$

另外，该区大量赤铁矿、褐铁矿是由于磁铁矿氧化生成（袁万明，2004），可以表

示为

$$2Fe_3O_4 + 1/2O_2(g) = 3Fe_2O_3$$

采用程伟基（1983）研究提供的计算数据有（250～200℃）：

$$lgK_{(250℃)} = 17.22;　lgK_{(200℃)} = 19.64;$$

$$lgf_{O_2} = -2lgK;$$

可得 250～200℃范围内氧逸度上限为：

$$lgf_{O_2}(250℃) = -34.44;　lgf_{O_2}(200℃) = -39.28;　lgf_{O_2}(150℃) = -45.66$$

最后，取平均值 $lgf_{O_2}(250℃) = -36.50$。

上述方法比较简单地计算了逸度值。此外，还有计算氧逸度的另一种方法：

$$H_2O\ (L) = 1/2O_2\ (L) + H_2\ (L)$$

$$CH_4\ (L) + 2O_2\ (L) = CO_2\ (L) + 2H_2O\ (L)$$

$$lgf_{O_2} = 2lgK_1 + 2lgf_{H_2O} - 2lgK'_{H_2} - 2lgX_{H_2}$$

$$lgf_{O_2} = 1/2lg\ (K'_{CH_4}/K'_{CO_2})\ + 1/2lg\ (m_{CO_2}/m_{CH_4})\ - 0.5lgK_2$$

其中，K 为平衡常数；K' 为亨利常数；m 为组分的重量摩尔浓度；X 为气体摩尔分数；f_{H_2O} 为水蒸气饱和蒸汽压。计算结果见表 5-5。

3. pH 和 Eh 计算

（1）酸碱度（pH）计算。根据表 5-2 可知，本区流体包裹体主要成分属 H_2O-$NaCl$-CO_2 体系，根据 Grerar 推导的公式（Grerar et al.，1976）：

$$(a_{H^+})^2 = (2K_{H_2CO_3} \cdot K_{HCl} \cdot P_{CO_2})\ /\ [Kg\ (2K_{HCl} + K_N)]\ \times\ [1.0 + K_N/\ (2K_{NaHCO_3})]$$

其中：

$$K_N = -K_{NaCl} + (K^2_{NaCl} + 4K_{NaCl} \cdot \sum Na)^{1/2}$$

$$\sum Na = m_{NaCl} + m_{Na^+} = [\ (2m_{Na^+} + K_{NaCl})^2 - K^2_{NaCl}]\ /\ (4K_{NaCl})$$

式中，K_{NaCl}，K_{HCl}，Kg，K_{NaHCO_3}，$K_{H_2CO_3}$ 为反应平衡常数；P_{CO_2} 为 CO_2 分压；m_{Na^+} 为 Na 离子的重量摩尔浓度。计算结果见表 5-5。

表 5-5　大水金矿床流体包裹体成分总硫活度值和总碳活度值计算结果表

序号	地点	lga_{H_2S}	lga_{HS^-}	$lga_{S^-_2}$	$lga_{HSO^-_4}$	$lga_{SO^{2-}_4}$	$lga_{\sum S}$	lga_{CO_2}	$lga_{H_2CO_3}$	$lga_{HCO^-_3}$	$lga_{CO^{2-}_3}$	$lga_{\sum C}$
1	大水	−0.420	−2.170	−7.730	−16.510	−15.294	−0.416	−4.280	−4.200	−5.180	−10.520	−4.150
2	忠曲	−0.270	−2.100	−7.740	−16.070	−14.993	−0.260	−4.090	−4.010	−5.160	−10.580	−3.980
3	忠曲	−0.250	−2.020	−7.600	−16.050	−14.912	−0.250	−4.220	−4.140	−5.240	−10.590	−4.120
4	格尔托	0.240	−1.770	−7.550	−15.510	−14.766	0.240	−3.500	−3.420	−4.950	−10.550	−3.400
5	格尔托	0.250	−2.540	−9.120	−16.320	−16.347	0.250	−2.130	−2.056	−4.376	0.037	−2.040

根据 Helegeson（1979）的研究，在此均一温度下，中性 pH 为 5.57～5.94。因此，成矿热液为弱酸性（150℃，5.82；200℃，5.65；250℃，5.6）。

（2）氧化-还原电位（Eh）计算。根据表 5-2 可知，碳在流体包裹体中主要有下列 3 种平衡形式：

$$CH_4 + H_2O = CO + 6H^+ + 6e \tag{5-7}$$

$$CH_4 + 2H_2O = CO_2 + 8H^+ + 8e \tag{5-8}$$

氧化-还原电位（Eh）计算由以上反应式导出。

由式（5-7）可得：

$$Eh = E_8^0 + 3.31 \times 10^{-5} T \ (\lg \ (m_{CO}/m_{CH_4}) \cdot 6pH$$

由式（5-8）可得：

$$Eh = E_9^0 + 2.48 \times 10^{-5} T \ (\lg \ (m_{CO_2}/m_{CH_4}) \cdot 8pH$$

式中，E^0 为反应（i）式的标准氧化-还原电位；m_i 为组分 i 的重量摩尔浓度（mol/kgH₂O）；T 为成矿温度（^{0}K）；pH 为酸碱度。

然后，将两者 Eh 进行平均，可以得到最终的 Eh。

4. 总硫活度值和总碳活度值计算

（1）总硫活度值计算。相关研究资料表明（霍艳，2005），热液中只有 5 种硫的溶解类型稳定。硫的主要溶解类型的总活度计算方法为：

$$a_{\Sigma S} = a_{H_2S} + a_{HS^-} + a_{S_2^-} + \lg a_{HSO_4^-} + a_{SO_4^{2-}}$$

各种硫的溶解类型的活度值如下：

$$H_2S(aq) + \frac{1}{4}O_2(g) = H_2O(L) + \frac{1}{2}S_2(g)$$

$$\lg a_{H_2S} = \frac{1}{2}\lg f_{S_2} - \frac{1}{2}\lg f_{O_2} - \lg K$$

$$H_2S(aq) = H^+ + HS^-$$

$$\lg a_{HS^-} = \lg a_{H_2S} + pH + \lg K$$

$$HS^- = H^+ + S^{2-}$$

$$\lg a_{S^{2-}} = \lg a_{HS^-} + pH + \lg K$$

$$S_2(g) + 3O_2(g) + 2H_2O(L) = 2H^+ + 2HSO_4^-(g)$$

$$\lg a_{HSO_4^-} = \frac{1}{2}\lg f_{S_2} + \frac{3}{2}\lg f_{O_2} + \frac{1}{2}\lg K + pH$$

$$HSO_4^- = H^+ + SO_4^{2-}$$

其中，K 为各反应式在不同温度下的平衡常数，据地球化学手册查得。

（2）总碳活度值计算：

$$a_{\Sigma C} = a_{CO_2} + a_{H_2CO_3} + a_{HCO_3^-} + a_{CO_3^{2-}}$$

各种碳的溶解类型的活度值如下：

$$CO_2(g) = CO_2(aq)$$

$$\lg a_{CO_2} = \lg f_{CO_2} + \lg K$$

$$CO_2(g) + H_2O(L) = H_2CO_3(aq)$$

$$\lg a_{H_2CO_3} = \lg f_{CO_2} + \lg K$$

$$H_2CO_3(aq) = H^+ + HCO_3^-$$

$$\lg a_{HCO_3^-} = \lg a_{H_2CO_3} + pH + \lg K$$

$$HCO_3^- = H^+ + CO_3^{2-}$$

$$\lg a_{CO_3^{2-}} = \lg a_{HCO_3^-} + pH + \lg K$$

大水金矿床流体包裹体成分总硫活度值和总碳活度值计算结果见表 5-5。从表 5-5 可看出：矿床成矿流体中总硫活度 $a_{\Sigma S}$ 为 $10^{-0.4157} \sim 10^{0.2469}$ mol/L，总碳活度 $a_{\Sigma C}$ 为 $10^{-4.1527} \sim 10^{-2.0435}$ mol/L。成矿溶液中硫的溶解类型以 H_2S，HS^- 还原硫形式占绝对优势，其次为 S^{2-} 形式，这对金的迁移和沉淀起着至关重要的作用；碳的溶解类型以 CO_2，H_2CO_3 为主，其次为 HCO_3^- 形式。从总硫活度 $a_{\Sigma S}$ 和总碳活度 $a_{\Sigma C}$ 可以知道，各矿区的值 $a_{\Sigma S}$ 远大于 $a_{\Sigma C}$，说明成矿流体中硫络合物含量相对比碳络合物多。

四、成矿流体密度、压力计算与成矿深度估算

自然界盐类溶液包裹体虽然复杂，但它们绝大部分是富含 NaCl 的水溶液，在其他盐类组分含量很少的情况下，可把这种水溶液作为 $NaCl$-H_2O 体系来看待（刘斌，1987）。由大水金矿床方解石包裹体成分分析结果（表 5-3）可知，本区成矿流体也是 $NaCl$-H_2O 水溶液，因此，采用刘斌等拟定的 $NaCl$-H_2O 溶液包裹体的密度式和等容式，对本区石英包裹体成分进行了流体密度、压力计算，并根据压力计算值对本区矿床成矿深度进行了估算，结果见表 5-6。

表 5-6　大水金矿床温度、盐度和密度测定以及压力和深度计算

序号	矿区	均一温度/℃	盐度/（wt%）	密度/（g/cm³）	压力/MPa	成矿深度/km
1	大水	186	5.18	0.92050	6.23	0.249
2	忠曲	193	2.83	0.89910	5.65	0.226
3	忠曲	193	4.06	0.90866	9.85	0.394
4	格尔托	210	14.22	0.97050	4.47	0.179
5	格尔托	210	4.39	0.88840	11.61	0.464
6	贡北	150	7.60	0.96500	5.00	0.200
7	忠曲	169	5.85	0.94200	9.05	0.362
8	忠曲	151	6.57	0.96400	11.88	0.475
	平均	182.75	6.34	0.93000	7.97	0.320

注：密度和压力用刘斌（1986，1987）研究的方法计算，成矿深度按岩石静压 250×10^5 Pa/km 估算；6 是根据闫升好于 1998 年所著《甘肃大水特大型富赤铁矿硅质岩型金矿床成因研究》而得；7、8 为作者测定包裹体的计算结果。

计算结果的评价：包裹体地球化学资料研究表明，大水金矿床的形成温度、盐度及密度已基本得到公认，分别为 $150 \sim 250$℃，2.50wt% ~ 7wt%、$0.88 \sim 971$ g/cm³，属于中低温、低盐度、中等密度流体。但对于形成压力和深度，不同单位所得结果有所差异。①韩春明（韩春明等，2004）研究认为成矿压力为 $40.50 \sim 101.30$ MPa；②王勇（2002）、李真善（2002）认为成矿压力为 $(50 \sim 70) \times 10^5$ Pa（相当于 $5 \sim 7$ MPa），并认为成矿作用发生在地壳浅部，相当于地下 1km 范围内；③闫升好（1998）认为成矿压力为 $5 \sim 70$bar（相当于 $0.5 \sim 7$ MPa），并认为成矿深度非常浅，为近地表-地表环境。

本次研究中计算出压力值与王勇、闫升好基本一致。由表 5-6，有以下两点主要认识：

①大水金矿床的成矿压力为 $4.4 \sim 12$ MPa，平均为 7.97 MPa，说明成矿深度比较浅，大约为地下 $150 \sim 500$m，为近地表-浅成环境。格尔托和忠曲矿区比大水成矿压力

大，据此推算出成矿深度也大得多，这与矿床的实际情况基本吻合。

②本区成矿流体的盐度，格尔托矿区较高（部分高出 1 倍以上），但密度相差不大（均为 0.90g/cm³ 左右），因此，盐度和密度之间无可比性。大水矿床包裹体溶液盐度为 5.18 wt%NaCl；格尔托金矿包裹体盐度 4.39～14.22 wt%NaCl；忠曲矿床包裹体盐度为 2.83～6.57 wt%NaCl；整个金矿田成矿流体盐度平均为 6.34 wt%NaCl，大部分流体集中在 2～7 wt%NaCl，属于低盐度流体，对成矿物质的淋滤萃取能力有限。

第三节　金迁移沉淀作用机理

成矿物质在热液中主要以络合物形式迁移，这是因为：①元素络合物的溶解度比其简单离子的溶解度大几百万倍；②对于难溶重金属元素的迁移，络合物可以起到重要的促进作用；③络合物对物理化学条件的变化相当灵敏，能分解为简单离子并成难溶化合物沉淀；④衡量络合物稳定性的不稳定常数与矿质沉淀、矿床分带顺序具有很好的一致性。矿质沉淀顺序从根本上来说，就是元素迁移形式在一定的物理化学条件下失稳并沉淀的结果，因此，讨论元素迁移形式对研究矿床成因有重要意义（刘敏，2002）。

在金矿床的形成作用（即成矿作用）机理研究中，离不开对成矿流体中金迁移作用的认识。过去，人们见到金产在黄铁矿、黄铜矿等载金矿物中，因此就认为金是呈 $[AuS]^-$，$[AuAs]^{2-}$ 等金的配合物形式迁移的。有学者认为金在广泛发育的硅化围岩蚀变中，金也可能是呈金-硅配合物形式迁移的（樊文苓等，1993，1995）。因此，本书在讨论热液成矿作用中金的迁移问题时，涉及金-硫氢氯络合物形式迁移沉淀、金-砷配合物形式迁移沉淀、金-硅配合物形式沉淀迁移等几方面内容。

一、离子活度值计算

流体包裹体成分的测试结果中，通常给出的包裹体重量单位是 $\mu g/g$ 或 10^{-6}，气相单位是 mol/g。为了进行流体的物理化学参数计算，包裹体的气相和液相成分要换算成离子重量摩尔浓度（表 5-7～表 5-13）。

第一步　计算离子强度（μ）。

$$\mu = \sum \frac{1}{2} m_i \cdot Z_i^2$$

式中，m_i 为热液中第 i 种离子的摩尔浓度；Z_i 为第 i 种离子的电价数。

第二步　计算活度系数（γ_i）。

$$\lg \gamma_i = -\frac{AZ_i^2 \sqrt{\mu}}{1 + a_i^0 B \sqrt{\mu}}$$

式中，$A = 1.824829238 \times 10^6 \rho^{\frac{1}{2}} / (\varepsilon T)^{\frac{3}{2}}$；$B = 50.29158649 \times 10^6 \rho^{\frac{1}{2}} / (\varepsilon T)^{\frac{3}{2}}$。

当 μ 值不大时（$\mu < 0.1$），$B*$ 或 b 取零。该处 $1 + a_i^0 B \sqrt{\mu} \approx 1 + \sqrt{\mu}$，所以活度系数计算可简化为：

$$\lg \gamma_i = -\frac{AZ_i^2 \sqrt{\mu}}{1 + \sqrt{\mu}}$$

表 5-7　大水金矿床流体包裹体成分换算浓度　　　　（单位：10^{-6}）

矿区	均一温度/℃	矿物	Na^+	K^+	Ca^{2+}	Mg^{2+}	F^-	Cl^-	SO_4^{2-}	H_2O
大水	186	方解石	0.43	2.10	0.00	0.00	0.16	0.86	1.76	734.09
忠曲	193	方解石	0.32	0.96	0.00	0.00	0.13	0.32	1.08	493.92
忠曲	193	方解石	0.27	1.62	0.00	0.00	0.09	0.66	1.49	377.12
格尔托	210	矿石	1.80	3.36	0.01	0.24	0.03	0.47	9.44	545.53
格尔托	210	方解石	0.18	1.98	0.00	0.00	0.11	0.86	1.08	350.57

表 5-8　大水金矿床流体包裹体成分换算浓度　　（单位：mol/kgH_2O）

矿区	Na^+	K^+	Ca^{2+}	Mg^{2+}	F^-	Cl^-	SO_4^{2-}
大水	0.0250	0.0730	0.0000	0.0000	0.0115	0.0330	0.0250
忠曲	0.0280	0.0500	0.0000	0.0000	0.0139	0.0183	0.0228
忠曲	0.0310	0.1100	0.0000	0.0000	0.0126	0.0493	0.0412
格尔托	0.1430	0.1580	0.0005	0.0185	0.0029	0.0243	0.1803
格尔托	0.0220	0.1450	0.0000	0.0000	0.0165	0.0693	0.0321

表 5-9　不同温度下系数 A 和 B 的值

$T/℃$	0	25	50	75	100	125	150	200	250	275	300
A	0.491	0.509	0.534	0.564	0.600	0.642	0.690	0.810	0.979	1.096	1.256
$B*10^{-8}$	0.324	0.328	0.333	0.337	0.342	0.348	0.353	0.366	0.379	0.387	0.370

表 5-10　不同温度下的活度系数

矿区	组分	Na^+	K^+	Ca^{2+}	Mg^{2+}	F^-	Cl^-	SO_4^{2-}
	电价数	1	1	2	2	1	1	2
大水	浓度	0.025	0.073	0.000	0.000	0.011	0.033	0.025
	离子强度	0.013	0.037	0.000	0.000	0.006	0.017	0.050
	活度系数 150℃	0.663	0.663	0.193	0.193	0.663	0.663	0.193
	活度系数 200℃	0.617	0.617	0.145	0.145	0.617	0.617	0.145
	活度系数 250℃	0.558	0.558	0.097	0.097	0.558	0.558	0.097
	活度系数 300℃	0.474	0.474	0.050	0.050	0.474	0.474	0.050
忠曲	浓度	0.028	0.050	0.000	0.000	0.014	0.018	0.023
	离子强度	0.014	0.025	0.000	0.000	0.007	0.009	0.046
	活度系数 150℃	0.682	0.682	0.217	0.217	0.682	0.682	0.217
	活度系数 200℃	0.638	0.638	0.166	0.166	0.638	0.638	0.166
	活度系数 250℃	0.581	0.581	0.114	0.114	0.581	0.581	0.114
	活度系数 300℃	0.499	0.499	0.062	0.062	0.499	0.499	0.062

（续表）

矿区	组分	Na$^+$	K$^+$	Ca^{2+}	Mg^{2+}	F$^-$	Cl$^-$	SO$_4$$^{2-}$
	电价数	1	1	2	2	1	1	2
忠曲	浓度	0.031	0.110	0.000	0.000	0.013	0.049	0.041
	离子强度	0.016	0.055	0.000	0.000	0.006	0.025	0.082
	活度系数150℃	0.621	0.621	0.149	0.149	0.621	0.621	0.149
	活度系数200℃	0.571	0.571	0.107	0.107	0.571	0.571	0.107
	活度系数250℃	0.509	0.509	0.067	0.067	0.509	0.509	0.067
	活度系数300℃	0.420	0.420	0.031	0.031	0.420	0.420	0.031
格尔托	浓度	0.143	0.158	0.000	0.018	0.003	0.024	0.180
	离子强度	0.072	0.079	0.001	0.037	0.001	0.012	0.361
	活度系数150℃	0.506	0.506	0.066	0.066	0.506	0.506	0.066
	活度系数200℃	0.450	0.450	0.041	0.041	0.450	0.450	0.041
	活度系数250℃	0.381	0.381	0.021	0.021	0.381	0.381	0.021
	活度系数300℃	0.290	0.290	0.007	0.007	0.290	0.290	0.007
格尔托	浓度	0.022	0.145	0.000	0.000	0.017	0.069	0.032
	离子强度	0.011	0.072	0.000	0.000	0.008	0.035	0.064
	活度系数150℃	0.617	0.617	0.145	0.145	0.617	0.617	0.145
	活度系数200℃	0.567	0.567	0.104	0.104	0.567	0.567	0.104
	活度系数250℃	0.504	0.504	0.065	0.065	0.504	0.504	0.065
	活度系数300℃	0.415	0.415	0.030	0.030	0.415	0.415	0.030

第三步　计算活度（a_i）。

$$a_i = \gamma_i \cdot m_i$$

表 5-11　不同温度下的活度　　　　　（单位：mol/kgH$_2$O）

矿区	组分	Na$^+$	K$^+$	Ca^{2+}	Mg^{2+}	F$^-$	Cl$^-$	SO$_4$$^{2-}$
大水	活度150℃	0.017	0.049	0.000	0.000	0.008	0.022	0.005
	活度200℃	0.016	0.045	0.000	0.000	0.007	0.020	0.004
	活度250℃	0.014	0.041	0.000	0.000	0.006	0.018	0.002
	活度300℃	0.012	0.035	0.000	0.000	0.005	0.016	0.001
忠曲	活度150℃	0.019	0.068	0.000	0.000	0.008	0.031	0.006
	活度200℃	0.018	0.063	0.000	0.000	0.007	0.028	0.004
	活度250℃	0.016	0.056	0.000	0.000	0.006	0.025	0.003
	活度300℃	0.013	0.046	0.000	0.000	0.005	0.021	0.001
忠曲	活度150℃	0.019	0.068	0.000	0.000	0.008	0.031	0.006
	活度200℃	0.018	0.063	0.000	0.000	0.007	0.028	0.004
	活度250℃	0.016	0.056	0.000	0.000	0.006	0.025	0.003
	活度300℃	0.013	0.046	0.000	0.000	0.005	0.021	0.001
格尔托	活度150℃	0.073	0.080	0.000	0.001	0.001	0.012	0.012
	活度200℃	0.065	0.071	0.000	0.001	0.001	0.011	0.007
	活度250℃	0.055	0.060	0.000	0.000	0.001	0.009	0.004
	活度300℃	0.042	0.046	0.000	0.000	0.001	0.007	0.001
格尔托	活度150℃	0.014	0.089	0.000	0.000	0.010	0.043	0.005
	活度200℃	0.013	0.082	0.000	0.000	0.009	0.039	0.003
	活度250℃	0.011	0.073	0.000	0.000	0.008	0.035	0.002
	活度300℃	0.009	0.060	0.000	0.000	0.007	0.029	0.001

表 5-12 大水金矿床流体包裹体成分分析结果表

矿区	均一温度/℃	矿物	盐度/(wt%)	B0	B1	B2/10⁻⁶	密度/(g/cm³)	a	b	c	压力/MPa
大水	186	方解石	5.18	1.036	-0.00015128	-2.507	0.92050	-1765.03	8.215	0.00870	6.23
忠曲	193	方解石	2.83	1.020	-0.00007846	-2.843	0.89910	-2351.25	12.451	0.00010	5.65
忠曲	193	方解石	4.06	1.029	-0.00010128	-2.706	0.90866	-2006.45	9.936	0.00503	9.85
格尔托	210	矿石	14.22	1.111	-0.00036812	-1.439	0.97050	-1103.45	2.693	0.01320	4.47
格尔托	210	方解石	4.39	1.029	-0.00010128	-2.706	0.88840	-2214.56	10.402	0.00330	11.61

表 5-13 大水金矿床流体包裹体成分活度计算表

(单位: 10^{-2})

矿区	均一温度/℃	矿物	Na^+	K^+	Ca^{2+}	Mg^{2+}	F^-	Cl^-	SO_4^{2-}	CO_2	CH_4	CO	N_2
大水	186	方解石	1.599	4.606	0.000	0.000	0.720	2.072	0.388	117.015	0.000	1.599	4.606
忠曲	193	方解石	1.811	3.205	0.000	0.000	0.891	1.174	0.390	116.618	0.000	1.811	3.205
忠曲	193	方解石	1.796	6.354	0.000	0.000	0.725	2.844	0.456	84.589	0.000	1.796	6.354
格尔托	210	矿石	6.209	6.835	0.002	0.064	0.125	1.050	0.633	419.412	2.016	6.209	6.835
格尔托	210	方解石	1.233	7.997	0.000	0.000	0.912	3.816	0.298	284.396	36.512	1.233	7.997

二、金迁移形式与沉淀机制

金属于铜族元素，其电子结构为 $5d^{10}6s^1$，具有高的电离势、高的电负性和高的氧化还原电位，因此，Au 的化学性质十分稳定，在自然界中常以自然金的形式存在。然而，元素的地球化学活动性与其化学活泼性是不对应的。如化学性质比 Au 活泼的铁在地球化学性质上却属于惰性元素，相反，化学性质属于惰性元素的 Au 在地球化学性质上却相当活泼，它可呈 Au^+ 和 Au^{3+} 氧化态出现。Au^+ 和 Au^{3+} 具有较强的极化力，尽管它们的离子电位不很高，但也常与 Cl^-，HS^-，S^{2-}，$S_2O_3^{3-}$，CN^- 等形成易溶配合物，从而导致 Au 在各种热液中具有较强的活化能力，在各种地质作用中容易被迁移和沉淀富集。Au 在适宜的地质条件和热液作用下可以活化。Au 从矿源层（岩）中解离出来，并由稳定态（Au）转变成迁移形式（Au^+ 和 Au^{3+}），进入热液形成配合物迁移。无论 Au 以何种矿化形式产出，都与大量的 Si 紧密相伴，表明在金的活化、迁移和沉淀过程中，SiO_2 也作为活动组分积极参与。SiO_2 的存在将大大促进 Au 的溶解（与 Au 形成易溶配合物），Au 活化溶解到热液中后，对 SiO_2 的溶解也十分有利（王秀璋等，1992），从而形成了一种相互耦合的自催化机制。

1. 金的迁移方式

对热液矿床来说，金以何种方式进行活化和迁移富集至今仍是一个悬而未决的问题。从元素地球化学角度来看（闫升好，1998），金在热水溶液中溶解和迁移形式取决于热水体系本身的化学组成（组分种类和浓度）及其物化性质（温度、压力、pH、fo_2 和 fs_2 等）。

自然界中金常以 Au^+，Au^{3+} 和 Au^0（自然金粒）形态存在。成矿流体中的金主要为 Au^+。金的高电离能和离子溶液极低的稳定性决定了其在成矿流体中必须以稳定络合物形式进行迁移。金在高温高盐度流体中以氯化物络合物为主，而在低温低盐度流体中则以硫化物络合物占优势（张德会，1997）。自 20 世纪 70 年代 Seward 和 Henley 分别对 Au-S 和 Au-Cl 的配合关系所做的开创性研究工作以来，人们一般认为金在热水溶液中主要呈 $[AuCl_2]^-$ 和 $[Au(HS)_2]^-$ 两种络合物形式进行活化迁移（Seward，1982；Henry，1951）。在高温、富氯、氧化和酸性条件下，金以 $[AuCl_2]^-$ 形式运移，在温度较低（低于 300℃）、较还原和近中性的介质中则呈 $[Au(HS)_2]^-$ 形式迁移。Cole 等提出了高温（≥250℃）、低到中性 pH（≤5）条件下，以 $[AuCl_2]^-$ 络合物为主，相反条件下，则以 $[Au(HS)_2]^-$ 形式迁移的认识（Cole，1986；Helgeson，1969；Sakharova et al.，1981）。

与金矿化有关的热液蚀变作用主要有硅化、钾长石化、绢云母化、硫化作用、绿泥石化、碳酸盐化等。硅化强度一般与金矿化呈正相关关系，往往硅化愈发育金矿化愈强。王声远等（1994）研究证实金硅间存在如下的络合作用：

$$Au^+ + [H_3SiO_4]^- = [AuH_3SiO_4]^0$$

并且指出，在含硅含氯体系中，一般地质条件下 $[AuH_3SiO_4]^0$ 浓度远高于 $[AuCl_2]^-$，金-硅络合物的意义远远超过金-氯络合物；在含硫含硅体系中，随着 SiO_2

的增高，$[AuH_3SiO_4]^0$ 亦将逐渐取代 $[Au(HS)_2]^-$ 成为金迁移的主要形式。王声远的研究表明了金矿化与硅化关系密切时，金以 $[AuH_3SiO_4]^0$ 为主要迁移形式的重要意义。

有学者认为大水金矿金是呈金硅配合物形式活化迁移的（闫升好，1998），其理由是大水金矿金矿化与硅化密切相关，矿床极端贫硫化物和 $[AuCl_2]^-$，$[Au(HS)_2]^-$ 的地球化学稳定域都比较狭窄。

大水金矿贫硫化物的结论的主要依据是矿体附近少见黄铁矿、黄铜矿等硫化物矿物。但是热液在迁移过程中的络合物形式决不能仅凭最后沉淀时的状态来说明，况且本次研究通过电镜扫描发现矿区的确存在黄铁矿、黄铜矿等硫化物矿物。另据袁万明（2004）的研究发现本区广泛发育稠密浸染状、网脉状微细粒黄铁矿。综合前人资料，大水金矿热液在迁移过程中的络合物形式中金硅配合物和硫氢氯络合物都是不可缺少的，并且可能发生了部分络合物形式的转变趋势：$[AuCl_2]^- \rightarrow [Au(HS)_2]^- \rightarrow$ 金硅配合物 $[AuH_3SiO_4]^0$；即来自地幔侵入体的 Cl^- 进入热液后，与被从含金层位中萃取进入热液的金结合，形成 $[AuCl_2]^-$ 为主的金络合物；之后，热液通过含硫层位，硫的加入开启了金的成矿历史，由于条件的改变（可能由氧化和酸性条件转变为还原和近中性条件）和化学性质差异，$[AuCl_2]^-$ 为主的金络合物转变为 $[Au(HS)_2]^-$ 为主的金络合物并继续迁移，根据表 5-15 中的 $[AuCl_2]^-$ 活度可知，这时的温度应该高于 300℃；当热液继续迁移并进入贫硫环境时，$[Au(HS)_2]^-$ 为主的金络合物要么转变为 $[AuH_3SiO_4]^0$ 为主的金络合物，要么沉淀下来富集成矿。如果转变为 $[AuH_3SiO_4]^0$ 为主的金络合物继续迁移，在 fo_2 降低、SiO_2 减少（可以是由与其他流体混合、压力降低等原因引起的）时，在有利的容矿构造沉淀富集成矿。

根据已有研究显示，可能发生的硫氢氯络合物反应式和对应的硫氢氯络合物活度对数计算方法如下：

$$Au(s) + 2Cl^-(aq) + H^+(aq) + \frac{1}{4}O_2(g) = [AuCl_2]^-(aq) + \frac{1}{2}H_2O(L)$$

$$\lg a_{[AuCl_2]^-} = \lg K + 2\lg a_{Cl^-} - pH + \frac{1}{4}\lg f_{O_2}$$

$$Au(s) + 4Cl^-(aq) + 3H^+(aq) + \frac{3}{4}O_2(g) = [AuCl_4]^-(aq) + \frac{3}{2}H_2O(L)$$

$$\lg a_{[AuCl_4]^-} = \lg K + 4\lg a_{Cl^-} - 3pH + \frac{3}{4}\lg f_{O_2}$$

$$2Au(s) + 2H_2S(aq) + \frac{1}{2}O_2(g) = 2[AuS]^-(aq) + 2H^+(aq) + H_2O(L)$$

$$\lg a_{[AuS]^-} = \frac{1}{2}\lg K + \lg a_{H_2S} + pH + \frac{1}{4}\lg f_{O_2}$$

$$Au(s) + 2H_2S(aq) + \frac{1}{4}O_2(g) = [Au(HS)_2]^-(aq) + H^+(aq) + \frac{1}{2}H_2O(L)$$

$$\lg a_{[Au(HS)_2]^-} = \lg K + 2\lg a_{H_2S} + pH + \frac{1}{4}\lg f_{O_2}$$

$$2Au(s) + 3H_2S(aq) + \frac{1}{2}O_2(g) = [Au_2S(HS)_2]^{2-}(aq) + 2H^+(aq) + H_2O(L)$$

$$\lg a_{[Au_2S(HS)_2]^{2-}} = \lg K + 3\lg a_{H_2S} + 2pH + \frac{1}{2}\lg f_{O_2}$$

求 $\lg a_{[Au(HS)_2]^-}$ 还有另外一种算法。

当矿液中 $[Au(HS)_2]^-$ 稳定存在时，设有如下反应存在

$$Au(s) + 2H_2S(aq) + \frac{1}{4}O_2(g) = [Au(HS)_2]^-(aq) + H^+(aq) + \frac{1}{2}H_2O(L)$$

$$\lg K_1 = \lg a_{[Au(HS)_2]^-} - 2\lg a_{H_2S} - pH - \frac{1}{4}\lg f_{O_2} \tag{5-9}$$

$$2H_2S(aq) + O_2(g) = S_2(g) + 2H_2O(L)$$

$$\lg K_2 = \lg f_{S_2} - 2\lg a_{H_2S} - \lg f_{O_2} \tag{5-10}$$

式（5-9）和式（5-10）相减，得

$$\lg a_{[Au(HS)_2]^-} = \lg K^* + \lg \frac{f_{S_2}}{f_{O_2}^{3/4}} + pH$$

其中，

$$\lg K^* = \lg K_1 - \lg K_2$$

硫氢氯络合物活度对数计算结果见表 5-15，可以看出 $\lg a_{[Au(HS)_2]^-}$ 用 2 种方法求出的结果吻合，相互印证了其正确性。

从表 5-15 可以看出，大水矿区金的总溶解度 $a_{\sum Au}$ 相对较低，为 $10^{-5.3575}$ mol/L；其次为忠曲，为 $10^{-4.98045}$ mol/L；格尔托最高，为 $10^{-4.3344}$ mol/L。从金的络合物活度百分比可以看出，金的迁移形式以 $[Au(HS)_2]^-$ 占绝对优势，接近 100%；其次为 $[AuCl_2]^-$ 和 $[AuS]^-$。

结合大水矿区实际情况可知：①该结论符合刘英俊等（1991）的论述，在中温（300℃）和黄铁矿-磁黄铁矿存在时，硫氢络合物始终是主要迁移形式，大多数情况下 $[Au(HS)_2]^-$ 是一种最稳定的形式；②研究表明，隆起带金矿床成矿热液中，还原硫主要以 HS^- 络合物形式存在，大多数亲硫元素和金最可能以含 HS^- 络合物的形式迁移（刘英俊等，1991）；③在成矿流体中，中低温（150～350℃）时成矿流体中金主要是以 $[Au(HS)_2]^-$ 络合物的形式存在（华仁民，1994）。

对比不同样品的 $\lg a_{\sum Au}$ 值，可以看到格尔托第一个样品 $\lg a_{\sum Au}$ 值最大，这很可能与所采样品为矿石有关。对比 $\lg a_{\sum Au}$ 值和 $a_{\sum S}$，$a_{\sum C}$ 可以发现 $\lg a_{\sum Au}$ 与二者关系密切，不难理解，$a_{\sum S}$，$a_{\sum C}$ 值越大越有利于形成金络合物，促使 $\lg a_{\sum Au}$ 升高。

从表 5-16 和图 5-8 可以看出，最多的 $[Au(HS)_2]^-$ 与最少的 $[AuCl_2]^-$ 有一定的反比关系；随着温度的降低，金的氯络合物（$[AuCl_2]^-$ 和 $[AuCl_4]^-$）活度降低；大水金矿床成矿流体中不同温度、pH 条件下金的迁移形式都以 $[Au(HS)_2]^-$ 占绝对优势。赵泽三（1992）的研究表明，热液从深部上升，开始可能具有较高温度，会含有一定数量的金的氯络合物；当温度降低后，会发生金的氯络合物溶解度明显下降和离解。与此同时，还可以看出，随着 pH 的降低，$[AuCl_2]^-$ 活度有增高趋势，这符合赵泽三（1992）、刘英俊等（1991）的论述：高温、氧化、酸性介质有利于金的氯化络合物形式迁移。

从表 5-14 可知，热液中金的络合物在温度较低、pH 较高（碱性）时 $\lg a_{\sum Au}$ 最大；相反，温度较高，pH 较低（酸性）时最不利于形成金的络合物。这符合金的地球化学

特征（刘英俊等，1991）。$[Au(HS)_2]^- + OH^- \rightarrow Au\downarrow + H_2O + SO_2$（赵泽三，1992）也解释了 pH 升高会导致 $lga_{\sum Au}$ 降低。

当然，在大水金矿成矿过程中有属于其自然的温度和 pH 条件。根据流体包裹体分析结果，温度 186℃左右、pH5.23 左右为大水金矿大水矿区成矿流体中金的络合物发生沉淀成矿的最有利条件。上述计算过程参照了主成矿阶段的物理化学条件，表明主成矿阶段金络合物存在形式以 $[Au(HS)_2]^-$ 占绝对优势，其他络合物很少。

大水金矿主成矿期成矿温度不高（150~250℃），成矿流体呈弱酸性（pH 为 4.40~5.27），黄铁矿含量比较高，且黄铁矿的晶形多样（它型粒状、立方体自形晶和少量的五角十二面体）、粒度细（直径 0.01~0.04mm），（袁万明，2004）这表明溶液中硫浓度较高，因此金硫配合物应是 Au 的主要迁移形式。同时，近矿围岩蚀变以硅化赤铁矿化为主，且硅化越强矿化越好，矿体中存在玉髓状-细粒石英（袁万明，2004），它们也是 Au 的主要载体之一，表明 Au 也呈金硅配合物及胶体形式迁移。根据王声远等（1994）的研究，在含硫含硅体系中，随着 SiO_2 的增高，AuH_3SiO_4 亦将逐渐取代 $[Au(HS)_2]^-$ 成为 Au 迁移的主要形式。因此，可以认为 Au 是以 $[AuH_3SiO_4]^0$ 形式迁移的。

另外，金也可能以胶体形式存在。C. Frondel 于 1938 年的实验表明，硅溶胶保护金胶体，当温度在 150~250℃时，金胶体不会自发凝聚和因电解质引起凝聚，甚至 350℃金胶体仍然是稳定的。赵泽三在讨论与大水金矿距离很近的拉尔玛金矿床（相距 30km）时指出了金以胶体形式存在的重要性。应该注意到大水金矿成矿热液温度不高，富 SiO_2（因为区内存在花岗闪长玢岩，证明 $SiO_2 \geq 66\%$，石英 $\geq 20\%$；另外有硅化灰岩、硅质岩，特别是燧石岩、玉髓状石英等的出现，说明很可能部分金以胶体形式存在），这样可以使金胶体与 SiO_2 胶体一起稳定存在和迁移。

影响络合物存在形式及稳定性的因素很复杂，内部因素包括中心离子的性质、酸碱的软硬度值、相对论效应及配位场稳定能等，外部因素包括温度、压力、成矿溶液的缓冲能力等（刘敏，2002）。

表 5-14 不同温度、pH 条件下大水金矿床流体包裹体金络合物活度与温度 pH 排序

排序	均一温度/℃	pH	lga $[Au(HS)_2]^-$	lga$_{\sum Au}$
1	150	7	−2.2765	−2.2765
2	150	6	−3.2765	−3.2765
3	200	7	−3.6090	−3.6090
4	250	7	−3.8371	−3.8371
5	150	5	−4.2765	−4.2765
6	200	6	−4.6090	−4.6090
7	300	7	−4.7321	−4.7321
8	250	6	−4.8371	−4.8371
9	150	4	−5.2765	−5.2765
10	200	5	−5.6090	−5.6090

（续表）

排序	均一温度/℃	pH	lga [Au(HS)₂]⁻	lga∑Au
11	300	6	−5.7321	−5.7321
12	250	5	−5.8371	−5.8371
13	200	4	−6.6090	−6.6090
14	300	5	−6.7321	−6.7321
15	250	4	−6.8371	−6.8371
16	300	4	−7.7321	−7.7321

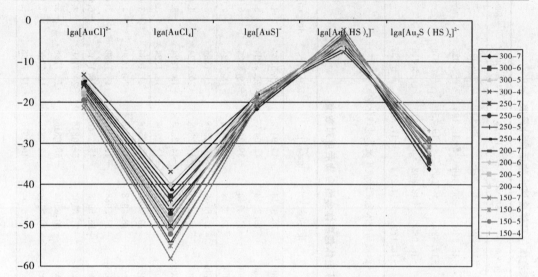

图 5-8　不同温度、pH 条件下大水金矿床流体包裹体金络合物活度对数图

2. 金的溶解度

（1）金-氯络合物。从表 5-2 可知，随着 pH 的降低，温度升高，[AuCl₂]⁻ 活度有增高趋势。R. 亨利在 1951 年的实验证明，当 $T=300\sim500℃$，$P=1\sim2kb$，赤铁矿-磁铁矿（MH）为缓冲剂时，在 2mol KCl 溶液中，金的溶解度从 $20\mu g/g$ 增加到 $900\mu g/g$；提高 HCl 浓度可以提高金的溶解（赵泽三，1992）。

（2）金-硫（-氢）络合物。T. W. Seward 于 1982 年研究了新西兰现代沉积金的布罗德兰兹附近热液系统后，认为金以 [Au(HS)₂]⁻ 形式在成矿热液中搬运是很重要的。一价金与硫配位基可以形成稳定的络离子，在近中性的含硫化合物热液中占主要地位（赵泽三，1992）。

表 5-15　大水金矿床流体包裹体金络合物活度计算表

矿区	均一温度/℃	矿物	Cl⁻	lgf_{O_2}	pH	lgf_{S_2}	lga$_{[AuCl_2]^-}$	lga$_{[AuCl_4]^-}$	lga$_{AuS^-}$	lga$_{[Au(HS)_2]^-}$	**lga$_{[Au(HS)_2]^-}$**	lga$_{[Au_2S(HS)_2]^{2-}}$	lga$_{\Sigma Au}$
大水	186	方解石	0.021	−47.406	5.227	−11.550	−18.292	−49.964	−19.435	−5.358	−5.088	−31.150	−5.358
忠曲	193	方解石	0.012	−46.590	5.203	−11.189	−18.520	−50.346	−19.193	−5.025	−4.828	−30.559	−5.025
忠曲	193	方解石	0.028	−46.624	5.269	−11.189	−17.825	−49.029	−19.251	−4.936	−4.738	−30.658	−4.936
格尔托	210	矿石	0.011	−45.016	5.190	−10.353	−18.082	−48.802	−18.610	−3.946	−3.923	−28.894	−3.946
格尔托	210	方解石	0.038	−45.029	4.405	−10.353	−16.179	−44.213	−17.821	−4.722	−4.698	−27.309	−4.722

注：第二列黑体 lga$_{[Au(HS)_2]^-}$ 为另外一种算法求得，参见霍艳艳于 2005 年著《西藏马攸木金矿成矿流体地球化学》。

表 5-16　大水金矿床流体包裹体金络合物活度对数值

均一温度/℃	pH	a$_{H_2S}$	aCl⁻	lgf_{S_2}	lgf_{O_2}	lga$_{[AuCl_2]^-}$	lga$_{[AuCl_4]^-}$	lga$_{[AuS]^-}$	lga$_{[Au(HS)_2]^-}$	lga$_{[Au_2S(HS)_2]^{2-}}$	lga$_{\Sigma Au}$
300	7	0.0309	0.0156	−6.7540	−35.7306	−16.3148	−45.9423	−21.5324	−4.7321	−36.1545	−4.7321
	6	0.0309	0.0156	−6.7540	−35.7306	−15.3148	−42.9423	−20.5324	−5.7321	−34.1545	−5.7321
	5	0.0309	0.0156	−6.7540	−35.7306	−14.3148	−39.9423	−19.5324	−6.7321	−32.1545	−6.7321
	4	0.0309	0.0156	−6.7540	−35.7306	−13.3148	−36.9423	−18.5324	−7.7321	−30.1545	−7.7321
250	7	0.1381	0.0184	−8.6006	−40.4306	−17.8966	−50.2308	−21.1324	−3.8371	−34.8944	−3.8371
	6	0.1381	0.0184	−8.6006	−40.4306	−16.8966	−47.2308	−20.1324	−4.8371	−32.8944	−4.8371
	5	0.1381	0.0184	−8.6006	−40.4306	−15.8966	−44.2308	−19.1324	−5.8371	−30.8944	−5.8371
	4	0.1381	0.0184	−8.6006	−40.4306	−14.8966	−41.2308	−18.1324	−6.8371	−28.8944	−6.8371
200	7	0.3304	0.0204	−10.5600	−45.7881	−19.5988	−54.2546	−21.1430	−3.6090	−34.7169	−3.6090
	6	0.3304	0.0204	−10.5600	−45.7881	−18.5988	−51.2546	−20.1430	−4.6090	−32.7169	−4.6090
	5	0.3304	0.0204	−10.5600	−45.7881	−17.5988	−48.2546	−19.1430	−5.6090	−30.7169	−5.6090
	4	0.3304	0.0204	−10.5600	−45.7881	−16.5988	−45.2546	−18.1430	−6.6090	−28.7169	−6.6090
150	7	2.3831	0.0219	−13.6031	−51.8031	−21.3104	−58.0816	−20.7786	−2.2765	−32.8001	−2.2765
	6	2.3831	0.0219	−13.6032	−51.8031	−20.3104	−55.0816	−19.7786	−3.2765	−30.8001	−3.2765
	5	2.3831	0.0219	−13.6033	−51.8031	−19.3104	−52.0816	−18.7786	−4.2765	−28.8001	−4.2765
	4	2.3831	0.0219	−13.6034	−51.8031	−18.3104	−49.0816	−17.7786	−5.2765	−26.8001	−5.2765

已有研究表明，在金矿床中，具有主要地球化学指示意义的元素如 Ag，Au，Hg，As，Sb，Co，Pb，Cu，Zn，Bi 等均为亲硫元素，说明金矿成矿过程与硫关系密切。

3. 金的沉淀机制

含矿热水溶液在迁移上升到达浅部或地表的赋矿地质构造环境时，由于物理化学条件的变化导致成矿流体（包括含金络合物）失稳（远离平衡态），从而沉淀出金等成矿元素。成矿流体中金沉淀的原因很多，研究表明主要有降温或冷却、降压或减压、沸腾作用、流体混合作用、流体不混溶、热液蚀变作用（水-岩反应）等（段存基，2006；闫升好，1998）。

由金络合物的稳定性可知，影响金络合物在热液中稳定存在，同时也可以引起热液中成矿元素沉淀的因素主要有 2 个：①热液本身的温度、压力、pH、Eh、fs_2、fo_2 等物理化学条件的变化，使原先稳定的络合物分解，矿质沉淀；②由于热液中某些成分浓度（矿化剂浓度）的改变造成络合物分解。热液成分变化主要是由热液与围岩之间的化学反应引起的，或者因为不同性质液体的混合，或者因为热液边界条件的变化造成某些气态组分的逸失。总之，成矿热液是一个多组分的复杂溶液系统，对外界因素和内在因素的变化都极其敏感，一旦化学平衡被破坏，就会造成矿质的沉淀。成矿作用过程中可引起流体物化条件变化的因素多种多样，归纳起来主要有 4 种，即冷却、沸腾、水-岩反应和流体混合。一般说来，绝大多数矿床的形成是多种沉淀机制共同作用的结果。成矿流体在上升运移过程中的沸腾作用和混合作用是许多浅成低温热液矿床矿质沉淀的有效机制（杨国强，2008）。

围岩蚀变主要通过 2 种途径促成矿石的沉淀：①围岩矿物与成矿流体相互作用；②通过其他一些物理化学参数的改变使矿物产生沉淀。

流体的沸腾作用在矿质沉淀中有重要意义。沸腾作用引起金属沉淀的主要原因是气体的分离散失。一方面，流体中部分气体散失，因而提高了流体中金属元素的浓度，从而造成矿质过饱和沉淀；另一方面，由于逸离的气体挥发性组分主要为酸性组分，如 CO_2，H_2S 等，造成流体 pH 的上升和还原硫浓度的增加，引起矿石的沉淀。沸腾作用广泛发育于浅成热液矿床及多金属脉状矿床等矿床中，是这些矿床矿物沉淀的重要机理。然而沸腾作用也受到一定限制，原因之一是沸腾作用主要与围压及流体的内压力有关，发生于地壳较浅的部位，沸腾引起的矿化作用主要在沸腾面附近发生，具有品位高、强度大但矿化范围小、规模小的特点；原因之二是沸腾作用持续的时间较短，一般不超过 10000 年，与一般的热液矿床 $10^5 \sim 10^6$ 年的成矿持续时间相比显然短多了，难以形成大规模的矿化（刘敏，2002）。

流体的混合作用在矿质沉淀中的意义正受到广泛重视。一方面，混合作用实际上是一种广义的水-岩反应，由于是在流体与流体之间发生的，因而反应速度显然比流体-固体之间的反应快得多，对矿质沉淀的效果也显著得多。另一方面，由于混合作用多为循环热液体系，因此影响范围大、持续时间长。在许多大型-超大型矿床形成过程中，对矿质的富集起了重要作用（刘敏，2002）。

混合作用是一种重要的流体与流体间的反应，主要通过增大氧逸度、pH、氧化或还原作用等减少配合物配位基浓度以及降温冷却和稀释等作用，引起配合物失稳，产生 Au 的沉淀。混合作用主要发生在渗透率较大的剪切带、破碎带和地壳浅部不同流体共存带内。不同成分或性质的流体混合后，破坏了原流体的化学平衡，造成金的沉淀。由于混合作用在流体之间发生，反应速度比液-固反应快，对金属沉淀效果更为显著（燕建设，2005）。

（1）物理化学条件沉淀作用机制

单纯的冷却并不是矿质沉淀的最有效机理。由温度降低即冷却造成的矿物沉淀有 2 个制约因素：①温度降低引起溶解度减小，产生矿质沉淀的前提是成矿流体中成矿物质必须达到饱和，而运矿流体在到达矿床所在位置时，很可能是未饱和的；②成矿流体的温度要能够在较局部范围和较短的距离内有大幅度的下降，否则只能在很长距离内造成稀疏散布的矿化圈。自然界的情况往往很难满足这 2 个条件，因此，多数情况下冷却需要与其他机理结合才能形成矿床（刘敏，2002）。

可能导致金沉淀的物理化学参数主要有热水组分的浓度、温度、压力、pH、fo_2 等。张德会（1997）等总结了温度、压力对金沉淀的影响，认为多数情况下成矿流体的降温、降压可以引起金的络合物溶解度降低和金的沉淀，但不一定必然导致金的饱和和沉淀，单纯的降温或压力减小并不是金沉淀的最有效机制。金的溶解度很大程度上受热液体系的氧逸度和 pH 控制。李绍儒等(1997)认为金沉淀时流体性质为弱酸-弱碱性。

压力对成矿起着重要作用，成矿溶液中化合物及金属的溶解与压力有密切关系。成矿作用过程中，往往构造活动频繁，裂隙多次张开，导致压力下降，成矿系统热力学平衡遭到破坏，成矿溶液沸腾，挥发分（如 H_2O，CO_2，SO_2 等）逸散，从而使成矿溶液中金属络合物分解，析出金属矿物（杨国强，2008）。

流体包裹体中气相包裹体和气液包裹体的并存可以表明弱的沸腾作用的存在。因压力减小引起的沸腾是许多金属矿物沉淀的重要机制。沸腾引起金属沉淀的主要原因是成矿流体中挥发分的逸失，即 H_2O，CO_2，H_2S 等逸离进入气相，这一方面导致流体中金属浓度增大，另一方面 H_2S 等的逸离造成流体 pH 增大和还原 S 浓度增大，与同时产生的冷却作用等一起造成了金属的沉淀。已有研究表明（Drummond et al.，1985），沸腾主要发生在 300℃上下。但沸腾主要与围压和流体内压力有关，发生于较小温度间隔、较浅成矿深度和较窄空间范围的地壳较浅部位。沸腾作用时间短，一般只形成品位高、规模小的大矿囊型浅成热液金矿床。但由于并非所有成矿系统都足够地热或有足够的盐度产生沸腾（较高的盐度可以扩大沸腾区），所以，沸腾在矿石沉淀方面的意义比较局限（段存基，2006）。

大水金矿床成矿温度低（150～250℃）、流体盐度低、矿床规模较大，沸腾作用可能不是金主要的沉淀机理。

不同类型流体之间的混合作用改变了原流体的成分或性质，破坏了原流体的化学平衡：增大氧逸度和 pH、减少络合物配位基的浓度、降温冷却、稀释等会引起络合物失稳，造成金的沉淀，并且其反应速度比液-固反应快，对金属沉淀效果较为显著。从氢氧同位素来看，$\delta^{18}O$ 值则具原生建造水特点，说明成矿流体是一种混合水，大水成矿流体部分来源于大气降水（王勇，2002；闫升好等，2000），所以大水金矿的形成可能与大量天水（大气降水）与以深部流体为主的均一化流体的混合有关，因此，流体的混合作用可能是大水金矿金沉淀的主要机理之一。

硅化和绢云母化以及进一步的高岭石化使得 H^+ 不断消耗（式 5-11、式 5-12），流体 pH 逐渐趋于偏碱性，黄铁矿逐渐形成（式 5-13）等，导致成矿流体中金的络合物失稳而不断解离，造成金的沉淀（式 5-13～式 5-15）（段存基，2006）。

$$3KAlSi_3O_8（钾长石）+2H^+ \rightarrow KA1_2AlSi_3O_{10}(OH)_2（绢云母）+6SiO_2（石英）+$$
$$2K^+ \tag{5-11}$$

$$2KA1_2AlSi_3O_{10}(OH)_2（绢云母）+2H^++3H_2O \rightarrow 3A1_2SiO_5(OH)_4（高岭石）+$$
$$2K^+ \tag{5-12}$$

$$[Au(HS)_2]^-+Fe^{2+} \rightarrow Au+FeS_2+2H^+ \tag{5-13}$$

$$[Au(HS)_2]^-+1/2H_2O \rightarrow Au+1/4O_2+2HS^-+H^+ \tag{5-14}$$

$$AuH_3SiO_4+l/2H_2O \rightarrow Au+1/4O_2+H_4SiO_4 \tag{5-15}$$

矿体形成之后，受喜马拉雅运动的影响，矿区进一步抬升，绝大部分矿体处于氧化或半氧化状态（袁万明，2004）。这些黄铁矿经过了表生氧化作用而形成褐铁矿化和黄铁矿化。

综上所述，大水金矿床成矿流体中金沉淀的机理可能主要是流体-岩石相互作用（水-岩反应）、古大气水与以深部流体为主的均一化流体的混合作用以及在此过程中的降温减压作用。其中，水-岩反应（尤其是硅化和硫化作用）可能是金沉淀的最有效的机理之一。

（2）硫氢氯络合物沉淀作用

金的成矿流体中，金主要呈氯络合物和硫氢络合物迁移（霍艳，2005）。在还原性较强、温度较低（<300℃）、还原硫活度较高的中-碱性溶液中，金的迁移形式主要为硫氢络合物（Sakharova et al.，1981）。

$$lga_{[Au(HS)_2]^-}=lgK^*+lg（f_{S_2}/f_{O_2}^{3/4}）+pH$$

由以上公式可知，$[Au(HS)_2]^-$ 的活度随温度、pH 和 $lg(f_{S_2}/f_{O_2}^{3/4})$ 的下降而减小；可以说温度、f_{O_2}、还原硫活度和 pH 降低是导致以硫氢络合物形式迁移的金沉淀的可能因素。表 5-16 也可以说明温度、f_{O_2}、还原硫活度和 pH 是影响金沉淀的重要因素。结合本矿区实际情况，可以推测在成矿主阶段，黄铁矿、黄铜矿等含硫矿物的形成过程降低了还原硫的浓度，是促使本区金沉淀的重要原因；同时，温度、压力的降低可以引起金-硫氢络合物的溶解度下降；成矿后期，碳酸盐矿物如方解石等的形成可以导致成矿热液 pH 降低；另外，磁铁矿氧化为赤铁矿、褐铁矿，前面计算得到的 f_{O_2} 由 $1.318×10^{-33}$ bar（250℃）变为 $1.259×10^{-38}$ bar（200℃），从而促使本区金发生沉淀。

在含硫化物热液的运移过程中，温度、压力、硫逸度（f_{S_2}）的降低，氧化性（f_{O_2}）的增加，pH 在近中性至弱碱性范围内，均能引起金-硫配合物的分解和金的沉淀（罗梅，2006）。

在大水金矿的形成过程中有黄铁矿出现，并贯穿硅化阶段、早期硫化物阶段、晚期硫化物阶段，即在热液成矿期主阶段矿物组合中，金可与硫化物黄铁矿共同迁移与沉淀。与金结合的硫阴离子团有：$[AuS_2]^-$，$[AuS_3]^{3-}$，$[AuS]^-$，$[Au(HS)]^0$，

$[Au(S_2O_3)_2]^{3-}$ 等。在含有这些硫化物（金-硫配合物）的热液运移过程中，当物理化学条件改变时，会引起金-硫配合物不稳定，以致破坏而沉淀，发生以下反应：

$$2[AuS_2]^- + 2Fe^{2+} \longrightarrow 2Au + 2FeS_2$$

$$2[AuS_3]^{3-} + 3Fe^{2+} \longrightarrow 2Au + 3FeS_2$$

$$4[Au(HS)]^0 + 2Fe^{2+} + 2O^{2-} \longrightarrow 4Au + 2FeS_2 + 2H_2O$$

$$[Au(S_2O_3)_2]^{3-} + 2Fe^{2+} + 12H^+ \longrightarrow Au + 2FeS_2 + 6H_2O$$

根据前述 f_{O_2} 的计算结果，成矿前期（热液期）f_{O_2} 极低，早期金的成矿作用是在相对还原的环境中进行的。结合 f_{S_2} 计算结果来看，250℃之后 f_{S_2} 增大，f_{O_2} 降低，这样的 f_{O_2} 有利于金属硫化物的形成。因此成矿早期阶段，成矿热液具有较高温度，金以 $[Au(HS)_2]^-$，$[AuCl_2]^-$ 和 $[AuS]^-$ 形式为主。之后温度下降、pH（酸度下降）和 Eh（还原作用）变化使金络合物溶解度明显下降，然后发生金络合物离解，从而造成金沉淀富集（赵泽三，1992）。

$$[Au(HS)_2]^- + OH^- \longrightarrow Au\downarrow + H_2O + SO_2$$

$$[Au(HS)_2]^- + e = Au\downarrow + 2HS^-$$

$$[AuCl_2]^- + 3e = Au\downarrow + 2Cl^-$$

$$2[AuS]^- + Fe^{2+} = 2Au\downarrow + FeS_2$$

（3）金-砷配合物形式迁移与沉淀

大水金矿属于典型的贫硫型金矿，但是黄铁矿、黄铜矿、含铁砷黝铜矿等对成矿有不可忽略的意义，它们贯穿硅化阶段、早期硫化物阶段、晚期硫化物阶段。在成矿过程中，矿液中的 Fe，Cu，As 等矿化离子参加反应，形成硫化物；可以认为在本区成矿热液运移过程中，还存在着砷及金-砷配合物形式（或硫-砷金配合物）迁移的可能性。与金结合的砷配合物、硫-砷金配合物离子团有：$[AuAs]^{2-}$，$[Au(AsS_2)]^0$ 和 $[Au(AsS_3)]^{2-}$ 等。当物理化学条件改变时，配合物不稳定分解和金沉淀的反应式如下：

$$2[AsS]^- + Fe^{2+} = 2Au + FeS_2$$

$$[AuAs]^{2-} + H_2S + FeO \longrightarrow Au + FeAsS + H_2O$$

$$[Au(AsS_2)]^0 + 2Fe^{2+} + H_2S + O^{2-} \longrightarrow Au + FeAsS + FeS_2 + H_2O$$

$$[Au(AsS_3)]^{2-} + 2Fe^{2+} \longrightarrow Au + FeAsS + FeS_2$$

并同时引起金的沉淀，或者这些硫化物直接从矿液中析出，使硫离子浓度下降，造成金络合物的离解，从而沉淀自然金，或者金的砷络合物在物理化学条件变化时，形成金的沉淀富集乃至对大水金矿的形成起着重要作用。

（4）金硅络合物沉淀作用

大量研究表明，硅化与金矿化存在十分密切的时空关系。在几乎所有类型的金矿床中，从绿岩型金矿到浅成低温热液脉状金矿和微细浸染型金矿都伴随有大量 SiO_2 的活动，而且硅化往往是多期次的，硅化强度与金矿化呈正相关关系。造成 SiO_2 与金矿化时空上密切伴生这一普遍现象的根本原因究竟何在？是单纯由于金与 SiO_2 沉淀条件相似，或者 SiO_2 沉淀改变了热液体系的物化性质而促使金发生沉淀的？抑或是 Au 与 SiO_2 呈某种配合关系共同迁移和沉淀所致？（闫升好，1998）

近年来的实验研究（樊文苓等，1993，1995）表明，金在酸性和碱性含硅热液中均可与 SiO_2 形成稳定的 $[AuH_3SiO_4]^0$ 络合物，而且这种配合物不受热液中硅含量和 pH 变化的影响。

Au 在碱性富硅溶液中与 SiO_2 之间的配合关系式：

$$Au^+ + H_3SiO_4 = [AuH_3SiO_4]^0 \tag{5-16}$$

在 80～250℃温度范围内，其平衡常数为：

$$\lg K_1 = -1.9889 + 10085.18/T \qquad （T 为绝对温度）$$

樊文苓等（1995）论证了各温度下的平衡常数（$\lg K_1 = -1.9889 + 10085.18/T$）与 $Au\text{-}HCl\text{-}SiO_2\text{-}H_2O$ 体系中得到的结果一致，这表明无论是碱性还是酸性溶液，SiO_2 都作为配位体与 Au 形成 $[AuH_3SiO_4]^0$ 在热液中溶解、迁移。$[AuH_3SiO_4]^0$ 作为金的一种迁移形式，它在热液中的稳定性受体系温度、压力、Eh、pH 及组分等多种因素控制。

王声远等（1994）将金-硅配合物与金的氯化物和硫化物配合物作了比较，指出在含 Si 含 Cl 体系中，在一般地质条件下，AuH_3SiO_4 浓度远远高于 $[AuCl_2]^-$，金-硅配合物的意义远超过金-氯配合物；在含硫含硅体系中，随着 SiO_2 的增高，AuH_3SiO_4 亦将逐渐取代 $[Au(HS)_2]^-$ 成为 Au 迁移的主要形式。这较好地说明了硅化与金矿化的直接成因联系，对阐明 Au 迁移形式及沉淀机理有重要意义。

另外，金在含 SiO_2 溶液中的溶解反应：

$$Au + 1/4O_2 + [H_4SiO_4]^0 = [AuH_3SiO_4]^0 + 1/2H_2O \tag{5-17}$$

式（5-17）说明，Au 在含硅溶液中形成的 $[AuH_3SiO_4]^0$ 配合物的浓度，随溶液中 $[H_4SiO_4]^0$ 浓度和 f_{O_2} 的增高而增大，即 $[AuH_3SiO_4]^0$ 在相对氧化的富硅条件下稳定，并且其反应平衡常数 $\lg K$ 随温度升高而减小：

$$\lg K = -7.9247 + 6708.84/T \qquad （T 为绝对温度）$$

$$\lg K_{(300℃)} = 3.78：\lg K_{(250℃)} = 4.88：\lg K_{(200℃)} = 6.14$$

这表明成矿前期（热液期），随温度降低有利于形成 Au 和配合物。

从上面的反应方程式可以看出，Au 在含 SiO_2 的水溶液中溶解度随 SiO_2 浓度和 f_{O_2} 的增高而增高，富硅热水溶液有利于金呈 $[AuH_3SiO_4]^0$ 形式活化迁移。当溶液中 SiO_2 浓度由于硅化作用等而降低时，必然导致 $[AuH_3SiO_4]^0$ 不稳定，沉淀出 Au，这正是大量金矿床中硅化与金矿化密切相伴的根本原因所在。由于自然界 SiO_2 大量存在而 Au 丰度很低，因此在大多数情况下，溶液中 $[AuH_3SiO_4]^0$ 达不到与所含 $[H_3SiO_4]^-$ 浓度相平衡的含量，只有当溶液中 SiO_2 消耗到一定程度之后，硅化才能引起 Au 沉淀。这可以较好地解释多数金矿床中往往是晚期硅化伴随大量金矿化的现象。此外，在一定的 SiO_2 浓度下，热液体系由还原到氧化有利于金活化，反之，由氧化到还原将促使金沉淀。由于 SiO_2 的溶解度随压力的增大而增高，减压过程（尤其突然释压）将促使大量的 SiO_2 迅速沉淀，从而导致大量的金沉淀。

前面对大水金矿床成矿地质地球化学特征的研究表明，成矿作用是在接近地表-地表湖盆完全开放的环境下进行的（闫升好，1998），而且部分金在热水溶液中呈金硅络合物形式迁移。在成矿期后期，200℃之后，磁铁矿被氧化成赤铁矿和褐铁矿，f_{O_2} 继续降低，并且这时 SiO_2 减少，将促使 $[AuH_3SiO_4]^0$ 络合物转变为金沉淀（闫升好，1998）；另外，f_{O_2} 继续降低促使式（5-17）中平衡左移、热水隐爆作用、体系的温度和内压降低等因素都可能使络合物失稳，从而使 Au 逐渐析出并在有利部位沉淀下来。

（5）脱硫作用

部分金沉淀可能是由于脱硫反应，流体脱硫被认为发生耦合反应（Terrence P Mernagh，2008）：

$$FeOrock+2H_2S(g)=FeS_2(py)+H_2O+H_2(g) \tag{5-18}$$

$$[Au(HS)_2]^-+H^++0.5H_2(g)=Au+2H_2S(g) \tag{5-19}$$

所以金的初始沉淀还可能是因为流体-岩石的相互脱硫作用，但是金的主要沉淀机制还是相分离时流体的脱硫作用。

（6）其他沉淀作用

造成金富集的因素还可能有断裂活动造成压力突变，f_{O_2} 变化、下渗的大气降水与成矿热液的掺和作用等都对金络合物的离解和富集沉淀起积极作用。

另外，正如前面提到的金也可能以胶体形式存在，金的胶体沉淀也是不可忽略的。当热液中 SiO_2 溶胶失去电荷聚沉时，金胶粒也被沉淀（赵泽三，1992）。

（7）其他金属元素沉淀作用

在金成矿的同时，成矿热液中其他金属元素也先后发生沉淀作用，在金富集带附近离解沉淀。在内、外营力的作用下，富含成矿元素、伴生元素、矿化剂元素和控矿元素的成矿流体沿着一定构造裂隙迁移运动。成矿流体中的各元素以简单离子、配离子、复杂络合物和气体的形式，通过充填、渗流、渗滤和扩散等方式运移。随着物理化学条件的变化，流体中的元素逐渐沉淀出来。由于各元素的地球化学性质不同及在运移过程中赋存形式和运移方式的差异，造成了流体中成矿元素和伴生元素的沉淀有先后之分，在空间上形成分带（李波，2008）。

研究表明，隆起带金矿床成矿热液中，还原硫主要以 HS^- 络合物形式存在，大多数亲硫元素和金最可能以含 HS^- 络合物的形式迁移（刘英俊，1991）。HS^- 属于一种软碱，根据软硬酸碱理论，各指示元素络合物的稳定性按 Bi，Sn，Cr，Co，Pb，Cu，Zn，Ni，Ag，Au，Hg，As，Sb 顺序逐渐增强，这和垂直分带序列大致相同，表明分带很可能是成矿热液中各种金属络合物顺序离解而造成的。当外界条件在短距离内发生比较剧烈的变化，或者说含矿热液在遇到各种地球化学障的情况下，迁移的平衡条件遭受破坏，各元素便在一定的空间部位沉淀、析出（刘英俊等，1991）。

元素从溶液中由络离子分解沉淀（生成矿物）的顺序，取决于等温等压条件下矿物结晶的自由能。矿物结晶的自由能除了与元素本身性质有关外，还与物理化学条件如浓度、Eh、pH 等（由于温压固定）因素有关。有人指出，某种元素从浓度较大的溶液中沉淀出来，要比从浓度低的溶液中沉淀出来得快。

含矿热液在地球内部的静压力及自身气体压力下沿压力降低的方向运移，即沿裂隙向地表移动。在一定条件下，成矿元素大量析出以致聚集达到工业品位而构成矿体。在矿体周围成矿元素含量较高但又未达到工业品位的那一部分就是热液矿床的原生晕。

已有资料表明，金矿床中具有主要地球化学指示意义的元素，如 Ag，Au，Hg，

As，Sb，Co，Pb，Cu，Zn，Bi 等均为亲硫元素，说明金矿成矿过程与硫关系密切。

大水金矿是少量岩浆热液与大量地表水混合反应的结果，成矿流体中卤化络合物比例小，所以自成矿开始，便在硫氢络合物系统中演化（何进忠，2008）。

$$Au[HS]_2^- + Fe^{3+} = Au + FeS_2 + 8H^+$$

$$2FeS_2 + 7.5O_2 + 4H_2O = Fe_2O_3 + 4SO_4^{2-} + 8H^+$$

$$H^+ + CaCO_3 = Ca^{2+} + CO_2 + H_2O（金沉淀时的耗酸反应）$$

$$Ca^{2+} + HCO_3^- = CaCO_3 + CO_2 + H_2O（金沉淀后的碳酸盐化）$$

$$MgSO_4 + 2CaCO_3 = CaMg(CO_3)_2 + Ca^{2+} + SO_4^{2-}$$

4. 次生富集氧化期

强烈而广泛的赤铁矿化和褐铁矿化，是大水金矿近地表氧化带的重要标志与特征。在氧化带氧化矿石中，分布有大量褐铁矿和赤铁矿，是主要的开采对象。赤铁矿和褐铁矿广泛分布在硅化灰岩、似碧玉岩和构造碎裂岩内。其中，赤铁矿主要分布在褐铁矿外围或包裹褐铁矿，而在褐铁矿中有尚未氧化的黄铁矿存在。赤铁矿化和褐铁矿化岩石多呈红褐色、粉红色、棕褐色等不同色调的铁染色。特别是在矿体附近（顶部、两侧），硅化重结晶白云岩由于赤铁矿铁染，通常呈现出红色。在岩体边部和内部，褐铁矿脉广泛发育，而且褐铁矿脉中间仍有未被褐铁矿化的黄铁矿分布，反映了褐铁矿脉主要为黄铁矿脉的表生氧化物形式。

众所周知，黄铁矿的氧化作用主要表现为 S_2^{2-} 氧化为 SO_4^{2-}，产生硫酸亚铁（$FeSO_4$）和硫酸。其中，$FeSO_4$ 将进一步氧化为高价铁的硫酸盐 $[Fe_2(SO_4)_3]$。在中性或弱酸性溶液中，$Fe_2(SO_4)_3$ 将发生水解作用最终转变为氢氧化铁 $[Fe(OH)_3]$。$Fe(OH)_3$ 凝聚为分布最广泛的水赤铁矿、针铁矿、褐铁矿等各种表生铁矿物。在干旱地区，硫酸浓度相对增大，往往产生黄钾铁矾、叶绿矾、针绿矾、水绿矾、纤钠铁矾等多种硫酸盐类矿物。

黄铁矿的氧化作用反应式可概括为：

$$2FeS_2 + 7O_2 + 2H_2O \rightarrow 2FeSO_4 + 2H_2SO_4$$

$$4FeSO_4 + O_2 + 2H_2SO_4 \rightarrow 2Fe_2(SO_4)_3 + 2H_2O$$

$$Fe_2(SO_4)_3 + 6H_2O \rightarrow 2Fe(OH)_3 + 3H_2SO_4$$

即　　　　　$$FeS_2 \rightarrow FeSO_4 \rightarrow Fe_2(SO_4)_3 \rightarrow Fe(OH)_3 \rightarrow Fe_2O_3 \cdot nH_2O$$

大水金矿的赤铁矿化和褐铁矿化也主要是赤铁矿、针铁矿、褐铁矿等各种表生铁矿物，表明广泛的褐铁矿、赤铁矿是原生黄铁矿等硫化物表生氧化作用逐渐氧化所致。有学者所描述的成矿作用主要为表生氧化作用。赤铁矿为黄铁矿典型的表生氧化作用产物（袁万明，2004）。

第六章　大水金矿成矿规律

第一节　区域矿产分布

西秦岭地区矿产十分丰富,尤以金、铅锌和汞锑矿床著称。就金矿而言,成因类型较多,矿床点及金异常大都受北西西向构造带控制,且分段集结成群、成带展布。根据金矿床的分布特点可划分出 3 个成矿带(图 6-1),分别为西秦岭北部金成矿带、西秦岭白龙江金成矿带、西秦岭南坪-玛曲金成矿带。现将 3 个成矿带的特点进行对比(表 6-1)。

综合以上特点可以看出,该区矿产分布受区域上的深大断裂控制,并且含矿岩系主要为泥盆系和三叠系,显示出了层控及韧脆性剪切双重控矿特征。

由表 6-1 可以看出:

①区内金矿床的赋矿地层包括寒武系、石炭系、泥盆系、三叠系等,以三叠系地层为主,显示了一定的层控特征。

②金矿化与燕山期中酸性岩浆活动有密切时空关系。在所有矿区都有中酸性岩株、岩脉出露。

③金矿化的空间产出与分布明显受构造带的控制。

④成矿时代均限于喜山-燕山期,成矿深度较浅。

第二节　大水金矿成矿条件

一、构造与成矿的关系

从区域上看(图 6-1),大水、忠曲、贡北、恰若、辛曲等金矿床都沿着北西西-东西的断裂呈串珠状分布,说明这 2 组构造在空间上起到了导矿和配矿的作用。尤其是大水金矿还位于大水弧形构造的顶部,在弧形构造形成过程中,弧顶部位是构造应力最为集中、构造变形和岩石破碎最为强烈的地段,因而也是后期岩浆活动、含矿流体上升迁移乃至成矿的有利构造环境(图 6-2)。这与阳山超大型金矿床产于文县弧形构造顶端极为相似。

从大水和贡北的矿体形态上可以看出,金矿体大都呈脉状、条状沿北西西向、南北向以及东西向的低序次断裂和裂隙分布,这 3 组断裂在空间上起到了容矿的作用。在该区容矿的构造种类繁多,概括起来主要有以下几种。

①破碎带型构造控矿。根据带内构造岩类型可划分为碎裂岩带型、构造透镜体化带型及构造角砾岩带型。不同构造带内矿化程度也略有不同,其中,以构造角砾岩带内的

表 6-1　西秦岭金矿带特征对比表

成矿带名称	地理位置	构造位置	规模	含矿岩系	典型金矿床	其他特点
西秦岭北部金成矿带	东起陕西凤县附近，西至甘肃礼县、岷县一带	沿礼县-山阳区域大断裂分布	长度大于200km	主要为泥盆系，岩性为一套砂岩、炭质千枚岩、灰岩与铁白云石硅岩、火山岩的韵律层，厚度巨大，为裂陷速度较快的浅海相沉积	二台子、双王、李坝、罗坝、八卦庙、崖湾里、金山、马泉、庞家河、马鞍桥、韭菜沟、三人沟、安家岔、金马和老铁厂等	矿带中还有数以十计的铅锌矿床，但在金矿化富集的地段，铅、锌矿化较弱反之在铅、锌矿化较强的地段则金矿化较弱
西秦岭白龙江金成矿带	西起碌曲，经若尔盖、迭部，东延至舟曲	呈北西西向沿西秦岭南侧的宕昌-凤县-镇安信阳区域大断裂带分布	长度约1600～2000km	泥盆系，岩性为一套细碎屑岩、碳酸盐岩组成；寒武-奥陶系，岩性为硅岩、板岩、砂岩和粉砂岩，构成一套特殊的硅岩建造	拉尔玛、工卜莫、九源、坪定和黑多寺等	该矿带中常产出层控金-多金属矿床，有 Cu、U、Se、Sb、Mo、V、P、Zn、Tl、In 和 PGE 等元素相伴生，部分元素可圈出独立的矿体
西秦岭南坪-玛曲金成矿带	南东端起自南坪，经舟曲、迭部、若尔盖，北西延至碌曲和玛曲，且有向青海延伸的趋势	北邻玛沁-略阳深断裂，南面大致以荷叶断裂带为界	宽数 km 至十余 km；长度大于 200 km	该金矿带中的金矿床均产于三叠系中，下统以碳酸盐岩为主，夹有紫色页岩和砂岩，上统则为含砾砂岩、粗-细粒砂岩、粉砂岩、泥岩以及灰岩组成的类复理石韵律组合	马脑壳、巴西、忠曲、联合村-新关、花园沟、大水、团结、八顿、七里村、水神沟、甲勿池和格杰比苏等	该矿带多产于三叠系浊积岩中，与其有密切的成因联系

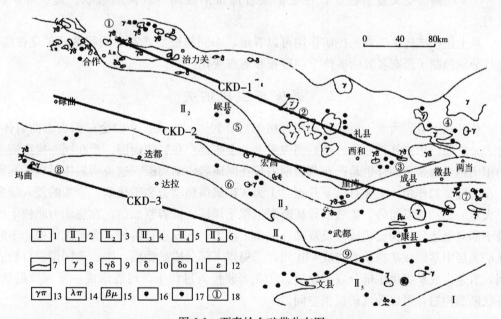

图 6-1　西秦岭金矿带分布图

注：1. 扬子地台；2. 甘加-白关-党川褶皱带；3. 洮河复向斜；4. 白龙江复背斜；5. 达拉-文县-康县复向斜；6. 摩天岭复向斜；7. 构造单元分界线；8. 花岗岩；9. 花岗闪长岩；10. 闪长岩；11. 石英闪长岩；12. 正常岩、二长岩；13. 花岗斑岩；14. 次流纹斑岩；15. 辉绿玢岩；16. 金矿床（点）；17. 砂金矿床；18. 矿带编号；CKD-1，西秦岭北部金成矿带；CKD-2，西秦岭白龙江金成矿带；CKD-3，西秦岭南坪-玛曲金成矿带。

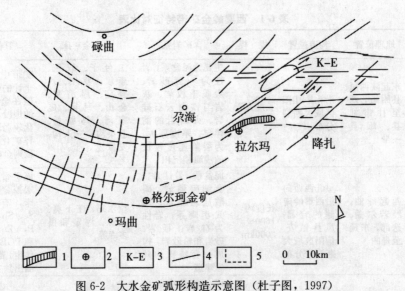

图 6-2　大水金矿弧形构造示意图（杜子图，1997）

注：1. 硅质岩层；2. 金矿床；3. 地层；4. 解释断裂；5. 构造复合区域。

角砾岩型金矿石的含金性最佳，构造透镜体化次之，而碎裂岩带矿化最差，往往不能构成工业矿体，仅是金矿化而已。

②密集的劈理化带和节理化带构造控矿，与破碎带相比矿化程度欠佳。

③溶洞构造控矿，含矿热液充填溶洞中并发生次生富集作用形成富矿体。

④多组断裂交叉复合控矿，在交汇复合部位形成品位较高的枝状、囊状等矿体形态。

从上述控矿构造型式的控矿作用可以看出，不同构造型式有不同程度的矿化作用，并且分别控制了形态各异的矿体空间展布和形态变化。

二、岩体与成矿的关系

从区域上看，大水、贡北金矿靠近格尔括合岩体；忠曲、辛曲金矿靠近忠曲岩体；恰若金矿靠近忠格扎拉岩体。在空间位置上，金矿都产在岩体周围。产在同一构造带上的阳山超大型金矿同样也是产在燕山期斜长花岗斑岩体的周围。这说明岩体对成矿起到了至关重要的作用，主要有以下几点：①为成矿提供热动力和矿化剂，岩浆的侵入带来了大量的热和挥发组分，矿液沿导矿断裂运移至深部，被岩浆加热，在热动力驱使下矿液不断向上运移，为成矿流体反复循环提供了动力，挥发组分则加入含矿流体中，不断从矿源层中萃取成矿物质参与成矿作用；②提供了部分成矿物质，碳、硫同位素分析表明，岩浆为成矿提供了部分成矿物质；③在岩浆侵入过程中，可能形成一系列放射状、环状断裂构造，可以为成矿提供空间。

三、脉岩与成矿的关系

大水金矿区中酸性脉岩与金矿化存在密切的空间关系，而且部分脉岩本身就是矿体。这与区域上的阳山金矿等极为相似（表 6-2）。例如阳山金矿的矿体就产在斜长花岗斑岩及其附近，部分破碎、蚀变的脉岩本身就是矿石。

从较大范围看，矿脉产出与中酸性脉岩存在一一对应的空间关系。脉岩密集发育的地段也正是金矿脉密集之处，而矿脉之间的无矿地段脉岩也不发育。

从矿体的空间产出位置看，金矿化主要产于脉岩与地层的接触带或其附近的围岩地层中。部分脉岩本身就是金矿石。

从脉岩的规模及岩性上看，脉岩的规模越大、岩性组合越复杂则对金的成矿越有利，反之则不利。

所有与矿体密切伴生的脉岩都遭到了强烈的蚀变。脉岩强烈地退色而呈浅灰白色，暗色矿物消失殆尽，长石全部高岭土化。在显微镜下观察蚀变种类主要有硅化、赤（褐）铁矿化、碳酸盐化、绿泥石化和高岭土化等。后期矿化主要沿构造裂隙充填而成。

中酸性脉岩与金矿化在空间上有密切联系已经成为一个普遍现象，许多的金矿床都有以下特点：①岩脉的侵位和金矿化的就位沿用了相同的断裂构造。一方面，断裂构造直接控制了岩脉的侵入。另一方面，岩脉与灰岩地层的接触带既是物理化学性质截然不同的界面，又是力学性质最为脆弱的部位，因而也是构造多次活动的有利部位和矿液活动的最佳场所。因而，从这个意义上看，岩脉是一种重要的控矿构造，同时又是一个重要的找矿标志。②脉岩与金矿化是同一构造-岩浆活动旋回内区域地壳演化、壳-幔相互作用的系列产物。由此造成两者不仅在时空上密切伴生，而且在物质成分上具相同来源和继承演化，活动范围逐渐缩小、活动强度逐渐减弱的成因关系（闫升好，1998）。

表 6-2 大水金矿与阳山金矿成矿规律对比表

矿床名称	矿床规模	成矿时代	成矿地质背景	侵入岩	区域成矿条件
大水金矿	特大型（115t）	燕山期及后期作用叠加	燕山期岩浆活动	有关	矿床位于西秦岭造山带和松潘-甘孜造山带交汇部位的白龙江逆冲推覆构造带的前缘，受 NWW-EW-NEE 向展布的大水弧形构造体系控制
阳山金矿	特大型（308t）	燕山期及后期作用叠加	燕山期岩浆活动	有关	矿床位于玛曲-略阳深大断裂南侧。控制矿床的主要构造为白龙江复背斜构造带中的文县弧形构造

矿床名称	矿床成矿条件	赋矿围岩	围岩蚀变	矿物组合	元素组合
大水金矿	受 NW-NWW 向断裂构造与次级构造的交汇部位所控制，矿体位于侵入体（花岗闪长岩）的内外接触带	侏罗系-三叠系海相厚层灰岩、白云质灰岩，部分矿体赋存于燕山期侵入岩脉中	硅化、赤铁矿化、褐铁矿化、碳酸盐化、黄钾铁钒化、高岭土化、绢云母化、绿泥石化	自然金、赤铁矿、褐铁矿为主、黄铁矿、毒砂、白铁矿、方解石、石英、白云石、绿泥石、绢云母等	Au, Ag, W, As, Sb, Hg
阳山金矿	受 NEE 向断裂构造与次级构造控制，矿体位于侵入体（斜长花岗斑岩）内外接触带	为一套泥盆系热水沉积型碳、硅、泥质沉积地层	硅化、绢云母化、黏土化、碳酸盐化、黄铁矿化、毒砂化、褐铁矿化等	自然金、银金矿、毒砂、黄铁矿、辉锑矿，其次有钛铁矿、钒钛磁铁矿、磁铁矿、磁黄铁矿、闪锌矿、方铅矿、白铁矿、硫锑铅矿、钦锰矿、硬锰矿、褐铁矿、石英、方解石、白云石、长石等	Au, As, Sb, Bi, Hg, W

四、金成矿有利性评价

在确定了大水金矿影响金迁移、沉淀的因素（温度、f_{O_2}、还原硫活度、Eh 和 pH

等）之后，我们可以结合大水金矿热力学参数，对不同矿区热液成矿有利性进行评价，并结合影响成矿的构造环境，与各矿区探明储量做对比，初步对大水金矿远景做评价。

金矿的形成一般有 3 个必要条件，即物质来源、热动力来源、导矿构造及容矿空间。西秦岭地区具有丰富的成矿物质来源，充足的热动力和良好的构造条件，为大水金矿成矿提供了有利的条件。金矿的形成受岩性控制不明显，各时代地层都有金矿出现，从基性到酸性岩浆岩中都有金矿产出。但具体到某一成矿区（带），金与一定地层的密切关系还是明显的。

（1）有利的地层：矿区内分布的地层单一，主要为三叠统马热松多组，属海陆交互相碳酸盐岩建造。岩性为一套脆性的白云岩、白云质灰岩、粉晶灰岩、泥晶灰岩，一般为中厚层。岩性较脆，在后期应力作用下产生断裂和层间破碎虚脱空间，为成矿流体的运移和矿质的富集提供了有利的构造部位。

（2）有利的构造：大水金矿床至少经历燕山期和喜马拉雅期 2 次成矿热事件作用，燕山期为成矿奠定物质基础，喜马拉雅期区域隆升使矿床金品位进一步提高（韩春明等，2004）。从区域构造来分析，玛曲-略阳逆冲弧型断裂规模大，是控制金矿带的一组主要断裂，具有分期性和继承性活动的特点。它是一个导矿构造，控制了西倾山成矿带的分布，对金矿起明显控制作用。略阳-玛曲断裂是该组断裂的南缘主断裂，大水-忠曲断裂是该组断裂的北缘主断裂，金矿带被限在上述 2 条主断裂之间。矿区近东西向的断裂为其上盘，是本区的控矿构造，控制着大水金矿床的分布，次级北东向、南北向断裂和岩溶构造带是容矿构造，控制着矿区内的矿体分布。矿区经历了多期构造活动叠加和改造。矿区 NWW 向主断裂带不仅控制了岩浆岩的分布状态，也是本地区的导矿、控矿构造。容矿构造主要是 NW 次级断裂，其次是 NNE 向和 NNW 向断裂，另外岩溶构造带也是一个重要的容矿构造。沿深部断裂通道上升的含矿热液，一部分通过交代作用与岩石发生反应，形成蚀变岩型金矿床；另一部分与下渗的大气降水发生对流循环作用，萃取围岩中的有益组分，形成含矿热卤水，在有利的容矿空间充填成矿，形成裂隙充填型金矿床。在后期的构造运动中，金进一步发生活化迁移，在原矿体或矿化体上重新复合叠加，形成品位较高的金矿体，表现为断裂构造与闪长岩体和金矿体的"三位一体"（冯小明等，2001）。

（3）有利的物源：成矿物质主要来源是在加里东期接受了来自若尔盖古陆剥蚀分解的陆缘物质供给，早寒武世和早泥盆世沉积时海底火山喷发物和热水喷流进入沉积物中，形成原始的矿源层，后期地质发展中的构造叠加、岩浆入侵，使金再次浓集衍生、复合叠加（李真善等，2005）。

（4）有利的岩浆活动条件：在大水矿区一带，岩浆活动比较频繁，岩浆岩相对较为发育，岩浆活动与金矿成矿作用有着密切的内在成因关系。在大水金矿区，闪长岩脉、岩枝与金矿化存在十分密切的时空分布关系，部分闪长岩脉本身即是金矿石。闪长岩岩墙密集发育的地段也正是金矿体成群密集分布之处；而在矿体密集区之间的无矿地段，闪长岩脉也不发育。

大水矿区岩浆岩主要为燕山期陆内造山阶段侵位的中酸性岩类，多呈规模不大的小岩株侵位于石炭-三叠系的灰岩地层中，并有大量闪长岩、闪长玢岩和花岗闪长岩等中酸性岩脉沿北西向断裂及两组断裂交叉复合部位呈规模不等的杂岩墙产出。闪长岩岩枝和杂岩墙普遍热液蚀变与矿化，局部构造金矿体，而且该区岩浆岩普遍富含 Au，As，Sb，Ag 等成矿元素，指示岩浆活动与金矿成矿作用的内在成因联系。

大水金矿床矿体主要集中分布在 98-110 勘探线、68-78 勘探线及 80-84 勘探线间，组成 4 个较大的矿体群，这 4 个矿段同时也是闪长岩脉、岩枝、岩墙密集发育的地方，而 3 个矿段之间的无矿地段基本未见闪长岩脉的出露。此外，大水金矿床东南约 2km 处的格尔托金矿床，其矿脉和岩脉的产状也均为近南北走向，脉岩岩性及矿化产出规律与大水金矿床基本相同。

（5）有利的物理化学条件：大水金矿床成矿温度在 150～250℃，尤以 170～210℃ 对成矿最为有利；主成矿阶段成矿压力 4.4～12MPa，平均为 7.97 MPa，形成深度大约为地下 150～500m，属浅成中低温热液矿床。

（6）有利的流体成分：成矿溶液中硫的溶解类型以 H_2S、HS^- 还原硫形式占绝对优势，其次为 S^{2-} 形式，这对金的迁移和沉淀起着至关重要的作用；碳的溶解类型以 CO_2，H_2CO_3 为主，其次为 HCO_3^- 形式；总硫活度 $a_{\Sigma S}$ 远大于总碳活度 $a_{\Sigma C}$。

第三节 大水金矿成矿时间规律

一、地层与成矿的关系

大水金矿的赋矿地层主要为下三叠统马热松多组；格尔托金矿的赋矿层位主要为中三叠统下岩组第二岩性段以及下侏罗统；贡北金矿的赋矿层位主要为中三叠统下岩组第二岩性段以及下侏罗统。可以看出这 3 个矿床都产于三叠系地层，与区域上大多数金矿床的赋矿层位相一致（表 6-1）。另外，在大水金矿床白垩系砾岩的底部尚可见到赤铁矿化硅化灰岩砾石，据此可确定成矿作用的地质年代应为早侏罗世末-早白垩世（170～135Ma B. P.），属燕山早期。

三叠系成为赋矿层位还与其独特的岩性有关。三叠系为一套脆性的碳酸盐岩地层，在后期构造运动中容易破碎，当岩浆沿破碎带侵入时，热液与围岩能够进行充分的相互作用，有利于矿的形成。

二、同位素证据

由表 6-3 可知，大水金矿格尔括合岩体和忠格扎拉岩体 Rb-Sr 同位素年龄值为 174.3～204.8Ma B. P.，属印支晚期-燕山早期。中酸性脉岩与矿体产出于花岗岩体衍生的断裂体系，表明其形成较晚；脉岩发生了矿化，局部构成工业矿体，说明金成矿属于岩浆演化最后阶段产物，成矿时代应属于燕山中晚期。

综合以上 2 点可知大水金矿的成矿期主要为燕山期，矿石以氧化矿为主，并且还受后期表生作用的影响。

表 6-3　大水金矿岩体同位素年龄表

岩体名称	岩性带	同位素年龄（Ma B.P.）
格尔括合	花岗闪长斑岩	174.3（Rb-Sr）
		190.69（K-Ar）
	黑云母闪长玢岩	190.00（K-Ar）
忠格扎拉	二长花岗斑岩	204.08（Rb-Sr）

注：表中数据引自闫升好著《甘肃大水特大型富赤铁矿硅质岩型金矿床成因研究》。

第四节　物质共生组合

一、元素组合

通过对矿石进行聚类分析发现，大水金矿与 SiO_2，Na_2O，K_2O，Fe_2O_3 等常量组分有密切的关系。从远矿到近矿 SiO_2/CO_2 值逐渐增大，K_2O/Na_2O 值逐渐减小，Fe_2O_3 含量逐渐增高。这与其他类型矿床有显著区别，与 Ag，W，As，Sb，Hg 等微量元素密切相关。在各时代花岗岩中，W 含量的变化与岩石中 SiO_2，Na_2O 含量增加相一致，尤其是燕山期花岗岩明显富钨（刘英俊等，1984）。这说明 W 的来源很可能是该区侵入的花岗闪长岩带入，这与区域上阳山金矿的元素组合特征极其相似。

二、矿物组合

大水金矿的矿物组合比较简单，金属矿物以自然金、赤铁矿、褐铁矿为主，其次还含有少量黄铁矿、毒砂和白铁矿等。非金属矿物以方解石、石英为主，其次还有白云石、绿泥石、绢云母等。总体来看，硫化物是比较少的，说明形成环境是贫硫的环境。围岩矿物组合为石英、方解石、斜长石、黑云母以及少量的褐铁矿和黄铁矿。由此可见，赤铁矿为大水金矿的标志性矿物。

第五节　大水金矿成矿过程

一、大水金矿成矿发展史

参考已有资料（闫海卿，2007；袁万明，2004），本书将大水金矿成矿发展史简述如下。

1. 加里东-海西期初始矿源层形成阶段

该阶段主要接受若尔盖古陆剥蚀物质的供给，在早寒武世和早泥盆世沉积时，海底火山喷发物和热水喷流物进入沉积物中，Au，Hg，Sb，Ag，As，Mo，V 等元素在沉积物中形成初始富集，形成矿源层。

2. 印支期地槽回返成矿物质浓集阶段

随着印支期地槽的回返，产生碰撞造山，形成西倾山隆起带及区域性大断裂，稍后岩浆岩（脉）沿主断裂及其旁侧的次级构造侵入就位，带来成矿物质和热源，同时产生区域变质作用，导致成矿物质从固相转变为液相，进入流体热液，在有利部位形成金矿（化）层位，此期为金的浓集阶段。

3. 燕山期矿床主成矿阶段

在印支运动基础上，相继发生高角度逆冲断裂活动，在区域上形成玛沁-略阳、大水-忠曲、多冬才-唐青括合、且加木-杂尔加卜盖等几条区域性大断裂，中酸性小岩株侵位于大水-忠曲主断裂和旁侧次级小构造中。

大水金矿床位于格尔括合岩体的外部接触带中，为 NWW 向断裂构造和西倾山褶皱构造发育地区。在这种伸展构造环境中，深部成矿物质被带入成矿有利构造空间卸载，加之下降的大气降水进行混合，萃取围岩中有用组分，在适宜的物化条件下成矿。

通过对氢氧同位素的研究并结合资料可知，该区在印支-燕山期地壳活动激烈、地壳热流值很高，使先成的岩石熔融在原地或半原地分异结晶，岩浆在分异过程中，分异出富含 SiO_2、碱质的具各种硫络阴离子和各种金属元素的含矿热液，并不断地向地表运移，在运移过程中不断有大气降水加入，导致温度不断降低，并且在流体运移过程中成矿热液与围岩之间发生了普遍的物质交换，形成新的矿物组合，消耗了成矿流体中的部分组分，造成自由水的逸失，剩余体系中水量减少。这一作用的直接结果是剩余流体中金属浓度增高，使金属络合物达到饱和，从而导致成矿物质沉淀。另据闫升好等（2000）的研究，大水金矿床主成矿阶段流体的 $\delta^{13}C$ 值和 δD 值显示成矿流体具岩浆水特点，因为岩浆水在进入地表时不可避免地要遭受氧化作用以及大气水的混合，从而使流体具表生水 $\delta^{18}O$ 值特点。所以，可以认为岩浆热液和大气降水的混合作用是大水金矿最主要的沉淀机理。

成矿流体来源于岩浆水，成矿物质的来源以深源岩浆为主，部分来自赋矿围岩。随着岩浆从深部向浅部的成岩过程，成矿作用也从深部向浅部推进，成矿环境由相对封闭的系统向相对开放的系统转化，由还原环境向氧化环境过渡。

源于深部岩浆的高温高盐度含矿热流体伴随燕山早期中酸性小斑岩体的侵入，以液态形式向上运移，除了携带由岩浆分异出来的大量成矿金属元素外，沿途还不断溶解和萃取围岩中的部分成矿物质，以易溶金属络合物形式搬运至古地表以下 0.5km 的浅部富集成矿。

同源但不同性质的流体混合。当两种流体混合时，其物理化学性质——流体的温度、盐度、密度、氧逸度、还原参数等必然发生改变，促使各种金属元素在特定的物理化学环境下沉淀，聚集成矿。随着运移距离的增加和热液的演化，大气水参与成矿，与岩浆热液发生混合，成矿流体温度、盐度显著下降，硫化物相继沉淀。成矿流体向地表运移，水岩比值随之增大，流体中大气降水的比例愈来愈高，流体逐渐被冷却、稀释，包裹体均一温度和盐度都显著降低，氢、氧同位素也更加向大气降水线靠近，此时热液中金的浓度已非常低，一般不足以沉淀富集成矿，大气水比例逐渐增大，沉淀出大量的方解石和纯净的石英。

综上所述，该期成矿作用有 2 种形式：一方面中-中酸性岩浆在沿断裂由深部向地表的迁移中，产生了侵入-隐爆，形成隐爆角砾、顶蚀、塌陷等，构成隐爆空间，为含矿热液的储存提供了良好环境，随着岩浆进一步演化，岩浆后期热液夹带大量含金物质，在构造有利部位交代充填成矿；另一方面，岩浆热源使断裂带两侧地热流急剧上升，并不断加入下渗的大气水和地下水，产生一个循环式的热对流系统，不断淬取、淋滤岩石中的矿质元素，致使热流体转变为含矿热卤水。当含矿热卤水沿断裂破碎带运移时，随着地球化学环境的改变，发生卸载，富集成矿。

4. 喜山期成矿复合叠加及矿床抬升剥蚀阶段

喜山早期受大规模推覆、挤压和火山活动影响，产生大量的热源，使金进一步活化迁移，在原矿体或矿化体重新复合叠加，形成厚大富矿体，晚期地壳抬升，发生强烈剥蚀作用，绝大部分矿体出露地表，使矿体氧化，发生次生富集作用并形成以 Au 为主的分散流晕、次生晕异常。

二、大水金矿成矿机理探讨

由前面的介绍可知，本区金成矿流体的氧逸度 f_{O_2} 极低，pH 为弱碱性，Eh 较低。该条件下 SiO_2 发生沉淀时的温度一般小于 300℃，成矿压力低于 12MPa，成矿深度一般小于 1km。

由于地壳条件下成矿流体中 SiO_2 浓度比硫的总浓度（$\sum a_S$）高得多，因此 Au 首先以金的硅配合物形式 $[AuH_3SiO_4]^0$ 进行一定距离迁移。该流体在上升过程的演化中存在局部地壳或地层硫的加入，伴随流体温度、压力的降低，SiO_2 先于硫化物晶出，导致流体中硫浓度（$\sum a_S$）升高，进而产生金-硫配合物形式的短距离迁移。从动态演化的角度分析，成矿流体中物理化学条件从早期成矿阶段到主期成矿阶段，再到晚期成矿阶段，温度、压力、f_{S_2} 由高至低变化，Eh 则由低至高变化，f_{O_2} 保持极低状态，pH 处于近中性至弱碱性，流体中成矿物质的迁移逐渐变得不稳定，最终在适宜的条件下（构造与层间破碎带及不整合面等）沉淀出来。

实验表明，在一定的 f_{O_2} 下，Au 的溶解度将随 SiO_2 含量的增大而提高，随着 SiO_2 的沉淀（硅化）耗减溶液中的 SiO_2，必然导致 $[AuH_3SiO_4]^0$ 的不稳定，促使反应向左进行，沉淀出 Au。这是硅化与金矿化密切相伴的本质原因。由于自然界 SiO_2 大量存在，而 Au 却非取之不尽，因此在许多情况下，溶液中的 $[AuH_3SiO_4]^0$ 达不到与实际 $[H_4SiO_4]^0$ 浓度相平衡的含量。所以，只有当溶液中 SiO_2 消耗到一定程度后，硅才能引起 Au 沉淀，而 Au 沉淀后，又造成 $[H_4SiO_4]^0$ 浓度过大。这可能就是在早期、主期和晚期硅化中，一般早期和晚期硅化仅伴随弱金矿化的原因。

然而，矿化蚀变中硅质热液是运载矿质的流体，但硅质在沉淀结晶过程中往往与成矿物质发生分离，而矿质在沉淀时选择硫化物和粘土矿物为载体，这是造成硅化蚀变岩石中金属硫化物和粘土矿物富金的重要原因之一。

在高温（≥400℃）时，金主要以含氯络合物形式迁移的可能性较大，温度、氧逸度和 pH 的变化对金的沉淀最有效，其中，以温度的影响最大。随着温度的降低，金的溶解度急剧下降，可使溶液中大部分金迅速沉淀。但是，当体系中存在一定的硫逸度或环境中有充分的还原硫来源时，可能发生向硫-金的转变而继续迁移。这一过程发生在高温贫硫的中酸性侵入活动中，可能是造成金矿化的重要机制之一。在该过程中，除了 Cl^- 之外，金和硫都可能来源于侵入环境（刘英俊等，1991）。

当富铁硅质的含矿热水溶液由深处（相对封闭体系）上升到地表（完全开放体系）时，由于温度、压力等的急剧降低，使 SiO_2 的浓度达到过饱和状态。于是，热水中呈 $[AuH_3SiO_4]^0$ 络合物形式搬运的金和其他成矿物质便伴随着大量隐晶-微晶二氧化硅的快速沉淀而卸载成矿。此外，在热水隐爆作用过程中，压力的突然释放、气体挥发分的大量散失、热水溶液发生沸腾等因素综合作用的结果也必然导致热水体系快速远离平衡态，使热水组分的浓度增大、体系的温度和内压降低、络合物失稳，金、硅等沉淀成矿（闫升好，1998）。

根据刘英俊等（1991）的论述，推测大水金矿金活化转移和沉淀富集过程是 $Cl \rightarrow AuCl_2^- \rightarrow S^{2-}$，$HS^- \rightarrow Au(HS)^{2-} \rightarrow$ 沉淀富集，该过程反映了含金矿质的演化趋势。

第六节　成因探讨

通过以上对大水金矿区域地质特征和矿区地质特征的介绍以及矿床地球化学特征的描述，对该矿可以有一个基本的认识。

一、矿物质来源

根据资料显示，本区下寒武统太阳顶群碳硅泥岩中的金丰度值最高（达 30.7×10^{-9}），是地壳金的克拉克值的 8 倍左右，为矿化提供了一定的物质来源；本区岩浆岩和岩脉金丰度值为 7.69×10^{-9} 和 11.6×10^{-9}，分别是克拉克值的 2 倍和 3 倍，具有一定的提供成矿物质的能力，由此可以说明成矿物质 Au 部分来源于深部地层；矿区三叠系围岩金丰度值达到 22.22×10^{-9}，是克拉克值的 5 倍多，而区域上三叠系围岩金丰度值为 1.95×10^{-9}，比克拉克值低，矿体周围形成了 Au 的负异常，因此三叠系为矿化提供了一定的物质来源。

从以上分析可知：金的来源比较复杂，可能有多种来源。下寒武统太阳顶群碳硅泥岩、花岗闪长岩和岩脉以及三叠系围岩都有可能提供成矿物质。

二、成矿流体来源

从前边所述的石英中流体包裹体的特征来看，大水金矿流体包裹体的均一温度为 $150 \sim 250 ℃$，平均为 $183 ℃$，属中低温范畴。流体盐度的平均值为 $6.34 wt\% NaCl$，属中低盐度范畴。

从其他研究者关于流体的 H，O 同位素特征的研究来看，流体同时混合了一部分大气降水，这也正说明了前面的流体中低温、低盐度特征。从流体的成分特征来看，可以认为成矿流体主要来源于岩浆的产物。早期金在岩浆岩中预富集，伴随着岩浆的上升侵位，形成成矿流体。同时，在成矿的后期，有一部分大气降水沿裂隙渗入，与岩浆水发生混合而形成成矿流体。

研究还表明，包裹体中的金属应源于岩浆。来自围岩的流体可以通过冷却和稀释对矿体的形成产生影响，却可能并没给成矿系统提供金属来源（刘敏，2002；杨国强，2008）。

三、成矿构造的形成

根据区域资料描述，该区经历了加里东运动、印支晚期和燕山运动引发的构造、岩浆作用，形成了深大断裂构造和导矿构造，为矿液自深部向上运移准备了良好通道，同时，也形成了次级断裂构造，为成矿提供了所必需的有利构造环境。前人认为燕山期为主要成矿期。

四、成矿动力

大水金矿床在成矿期一直伴随有构造运动及岩浆热事件。岩浆热力可能成为成矿动力，一方面使地下水在地层中循环萃取成矿物质形成矿液，另一方面使矿液自深部向上运移到地表附近有利容矿空间中形成矿体。

五、成矿年龄

对成矿年龄的鉴定，学者们存在分歧。大水金矿区花岗闪长岩中黑云母的 Ar-Ar 年龄大约为 240～220Ma B. P.（王平安，1997）；蚀变岩脉 K-Ar 年龄大约为 190Ma B. P.（毛景文等，2000）。早中侏罗纪成矿的进一步证据是通过测试大水金矿床中碧玉的流体包裹体水获得 141.0～181.8Ma B. P. 的 Rb-Sr 等时线年龄和 182±16Ma B. P. 的蚀变硅化赤铁矿等时线年龄（王平安，1997；王勇，2002）

综合已有的同位素测年资料可以认为，岩体和脉岩主要形成于印支期和燕山期，成矿稍晚于成岩，主要为燕山期和喜山期。

六、成矿模式

关于大水金矿床的成因，历来争论不一，有热泉型、岩溶型、构造蚀变岩型、隐爆角砾岩型、卡林型等多种说法（王安建等，1998；代文军等，2009；赵彦庆等，2003；李真善等，2005；陈国忠等，2006）。

通过上述对成矿物来源、成矿条件及成矿动力的分析，可以认为在长期的构造岩浆演化及变质作用过程中，各种来源的成矿物质和成矿介质混合形成含矿热液；在热动力作用下，矿液沿深大断裂（导矿构造）上升至地表浅部有利容矿空间中，由于物理化学条件的改变而发生充填、交代作用形成大水金矿床。

笔者认为，沸腾作用在大水矿床不明显，原因是：①即使有少量爆破角砾岩发育，但矿体是脉状矿体而不是作为沸腾作用明显证据的爆破角砾岩型矿体；②在流体包裹体研究中，样品中有富液包裹体和富气包裹体共存现象，但它们的均一温度相差很大，未见代表沸腾作用产生的包裹体证据；③平面图上，矿床与方解石脉在地表呈同向线状细长延伸的产状。

有学者研究认为大水金矿床与卡林金矿存在许多特征上相似的特点（表6-3），并据此认为大水金矿床属于卡林型金矿，并与卡林金矿对比后认为大水金矿床已知金矿体对应于卡林金矿的头部氧化带，中下部原生矿主体仅部分揭露（袁万明，2004）。对此，笔者认为，寻找大水金矿与卡林金矿相似的特点是比较容易的，因为大水金矿床与我国卡林型金矿集中的川甘陕"三角区"毗邻；然而大水金矿床有自己的特点，可称之为"大水式"金矿。笔者还认为，通过把大水金矿床与卡林型金矿类比来预测深部矿体的方法是不合适的，我们推荐使用目前比较成熟的原生晕方法。

表 6-4 为大水金矿和有关金矿床（西秦岭拉尔玛金矿、美国卡林金矿、黔西南微细浸染型金矿、松潘东北寨金矿）的对比表。从表 6-4 可以看出，大水金矿与它们各有相同之处，但大水金矿有属于自己的特点。将大水金矿的特点总结如下：大水金矿床的空间产出、矿体的空间定位、矿化类型、成矿物质与成矿流体的来源、成矿的热动力机制等均与燕山期的构造-岩浆活动有着密切的内在成因关系。北西西向不同层次的断裂构造活动、中深成和浅成-超浅成闪长岩的侵入、富金富硅成矿热液蚀变与矿化，是我国西南峨眉地幔热柱活动区区域地壳演化、深部物质上涌、壳-幔物质相互作用的在西秦岭甘南玛曲的具体表现形式，它们构成了一个统一的受深部地质构造制约的构造-岩浆成岩成矿体系。大水金矿床是这一体系演化的晚期产物。在空间上，北西西向断裂构造、闪长岩体（岩枝和岩脉）、金矿床构成了典型的"三位一体"。这也是众多金矿床普遍的成矿模式。其中，区域断陷和深断裂构造（大规模推覆、走滑剪切和断块隆坳）是深部物质上涌及能量释放的主要通道，决定了成矿作用的发生与否，控制了矿带和矿田的空间产出。而大水金矿区次级控矿断裂均表现出多期次、继承性活动的特点，为矿液的输运和沉淀堆积提供了有利的成矿空间，控制和决定了矿床和矿体的具体定位。

综上所述，大水金矿床成矿模式可简单地描述为：在太古代结晶基底之上，在印支和燕山期伴随着大规模的构造运动，地壳深部的混合岩发生部分熔融，形成地壳重熔花岗岩浆，由此分异出来的富含挥发份（和成矿物质）的中酸性、酸性岩浆，沿断裂由深部向地表迁移，并沿构造薄弱部位形成了广泛分布的花岗闪长岩体系列。早期金在岩浆岩中预富集，伴随着岩浆上升侵位，形成成矿流体，并在其后期形成了大量热水溶液。成矿流体在地层中运移时循环萃取成矿物质形成矿液，而成矿元素金在这些溶液中逐渐富集，这些热水溶液沿附近同期产生的小构造运移，一方面可能萃取了岩浆岩中的金，使其更加富集，一方面使围岩发生蚀变。在热水溶液活动的晚期，有一定量大气降水沿裂隙下渗，并与其发生混合，因此使流体呈现出中低温、中低盐度的特点。混合作用和物理化学条件改变，使矿质产生沉淀，形成矿体。在喜马拉雅期，构造活动提供热源，使金进一步活化迁移，这种复合叠加作用最终形成了规模大、品位富的大水金矿床。

表 6-4 大水金矿床和有关金矿床对比表

矿床名称	矿床规模	平均品位/10^{-6}	成矿时代	矿床成因	成矿地质背景	岩浆岩	矿源层	成矿流体	侵入岩	大地构造位置	区域成矿条件
西秦岭大水金矿	146t 特大型	5~60 4.46~23.76	喜山期-燕山期	岩浆热液	燕山期岩浆活动	燕山陆内造山阶段位的中酸性花岗闪长斑岩，石英闪长岩，二长斑岩岩株及岩脉	寒武-奥陶纪太阳顶群等	—	有关	西秦岭南亚带西段白龙江逆冲推夜构造体系、玛曲-略阳逆冲断裂带北侧	矿床位于西秦岭造山带和松潘-甘孜造山带交汇部位的白龙江逆冲推覆构造带的前缘，受 NWW-EW-NEE 向展布的弧形构造体系控制
西秦岭拉尔玛金矿	大型	1.12~7.90	喜山期-燕山期	中低温热液	—	燕山期中酸性岩脉，侏罗系火山岩，脉岩矿化	寒武-奥陶纪太阳顶群碳硅泥岩	—	—	西秦岭南亚带、白龙江复背斜轴部西端	—
卡林金矿	1~1000t	0.6~22	第三纪	—	科迪勒拉造山后期岩浆活动和水岩相互作用	—	中志留晚泥盆世	区域热流值和渗作用增加	无关	—	矿床位于罗伯特特斜背构造窗逆冲构造或页灰岩接触带，局部受晚元古代区域隆升形成的正断层控制
黔西南微细浸染型金矿	—	—	100Ma B.P.	—	—	—	早泥盆世-中三叠世共有四层位	—	—	—	—
松潘东北寨金矿	大型	4.67~7.13	燕山期	岩浆热液	—	燕山期中酸性岩浆岩，矿区有辉绿岩等基性脉岩	中三叠世	—	—	松潘-甘孜褶驺系北东段，岷江 SN 构造带中部	—

（续表）

矿床名称	矿床成矿条件	赋矿围岩	周岩蚀变	矿石和脉石矿物	矿体形态
西秦岭大水金矿	NWW-EW 向的主干断裂构造带控制矿床或矿脉群成带分布，次级 NWW、近 SN 和 NEE 向断裂及其交叉复合部位控制，矿体位于岩体的内外接触带	依罗系三叠系海相厚层灰岩、白云质灰岩，部分矿体赋存于燕山期侵入岩脉中	主要为硅化、赤铁矿化、碳酸盐化、绢云母化、绿泥石化、土化、褐铁矿化等，金矿化与硅化密切相关	黄铁矿、黄铜矿、含铁砷黝铜矿、辉锑矿、雄黄、雌黄、白铁矿、辰砂、白铅矿闪锌矿、方解石、毒砂、石英	矿体或矿脉呈脉状、透镜状、囊状及漏斗状产出
西秦岭拉尔玛金矿	近 EW 向主干断裂为主，次为 NE-NEE 向断裂	下古生界砂质板岩及硅质板岩	硅化、黄铁矿化、地开石化、重晶石化、褐铁矿化、绢云母化、水铝英石化、迪开石化	黄铁矿、辉锑矿、红锑矿、辰砂、磁黄铁矿、雄黄、雌黄、黝铜矿、闪锌矿、辉硒汞矿、方铅矿；自然金：石英、重晶石、绢云母、迪开石、绿帘石、萤石、石膏、磷灰石、天青石、金红石等	似层状、透镜状、串珠状产于断裂破碎带及次级断裂劳侧，长 36～52m，厚 1.71~31.57m。包括矿体 55 个、表内矿体 16 个
卡林金矿	矿床位于垂直断裂裂隙与主断裂交汇部位，部分位于低角度断裂中	寒武纪-密西西比纪海相钙质沉积岩，形成于拉张克拉通边缘沉积区，部分矿体赋存于第三纪侵入岩中	脱碳酸盐化、硅化、粘土化、黄铁矿化	含砷黄铁矿、白铁矿、雄黄、雌黄、辉锑矿、石英、方解石	席状、板状、筒状、脉状
黔西南微浸染型金矿	低次序褶皱、断裂及各种节理和裂隙	—	硅化、黄铁矿化、粘土化、碳酸盐化	—	似层状、透镜状、条带状
松潘东北寨金矿	SN 向断裂构造破碎带中断裂岩带中	上三叠统黑色碳质千枚岩、板岩新都桥组油浊岩系	硅化、黄铁矿化、碳酸盐化、绢云母化、石墨化	毒砂、黄铁矿、雄黄、闪锌矿、磁黄铁矿、黝铜矿、自然砷、白铁钾矾、黄铁矿化、白钨矿；重晶石、辰砂；石英、方解石、白云石、绢云母、绿泥石、钠长石、电气石等	似层状、透镜状及脉状产于断裂下盘剪理化破碎蚀变带中，产状与主断面一致，长 240~1640m，厚 1.77~3.45m，延深 200～730m

（续表）

矿床名称	金的赋存状态	矿物组合	矿石结构构造	矿物生成顺序	成矿元素组合	成矿温度
西秦岭大水金矿	金主要以独立自然金形式存在。其中游离金和连生金占 96%，部分为包裹体金 4%	金-赤铁矿-隐晶或微晶质石英	交代残余结构，隐晶或微晶结构，胶状结构及变余球状结构；致密块状构造，纹层状或细纹条带状构造，细脉－网脉状构造，角砾状构造，多孔状构造，栉状构造等	成矿早期为硫化物阶段，围岩蚀变为硅化作用和硫化物化；晚期成矿作用由于该区区隆升矿体进一步氧化和富集，矿体金品位加富	矿田及其外围 Au，Ag，Hg，As，Sb 为高背景，沿着背斜和岩浆岩带元素集中分布	100～400℃
西秦岭拉尔玛金矿	显微金、次显微金，成色 900 以上	自然金、黄铁矿、辉锑矿、黝铜矿、石英、重晶石、地开石、辰砂、沥青铀矿	角砾状、网脉状、浸染状	—	—	200～250℃
卡林金矿	主要存在于毒砂黄铁矿亚微颗粒包体或固体溶液中	自然金、黄铁矿、雄黄、雌黄、辉锑矿、方铅矿、闪锌矿、辰砂、粘土、石英、有机质	—	早期由于酸性流体作用，围岩蚀变为硅化作用和硫化物，晚期在开放空隙和裂隙中形成雄黄、雌黄、辉锑矿、重晶石、石英	S，Au，As，Sb，Hg。Tl，Ag，Ba，±W，±Te，±Se，Au/Ag＞5	200±50℃
黔西南微细浸染型金矿	显微金、次显微金，成色 850 以上；自然金、黄铁矿、毒砂	自然金、黄铁矿、毒砂、白铁矿、辉锑矿、石英、重晶石、粘土、白云石	角砾状、浸染状、条带状、变条胶状	—	—	200～240℃
松潘东北寨金矿	次显微金，成色 894-964、自然金、黄铁矿、粘土、石英	自然金、黄铁矿、雄黄、雌黄、辉锑矿、辰砂、石英、方解石、白云石	角砾状、浸染状、条纹状、网脉状	—	—	150～180℃

矿床名称	成矿盐度	包裹体成分	成矿压力、成矿深度	成矿物理化学环境	流体包裹体 δD	石英中的 δ18O
西秦岭大水金矿	2.83～14.22wt%NaCl	CO_2, CH_4, CO, Cl^-, SO_4^{2-}-K-Na	成矿压力为 4.412MPa，成矿深度为 0.15～500m 为近地表的完全开放和氧化环境	pH: 4.4～5.3; Eh: -0.043～-0.022V; lgf_{O_2} 为 -45.01～-47.41; lgf_{S_2}=-10.35～-11.55	-101‰～-61.1‰ (SMOW)	含金花岗岩脉 δ18O 为 6.30‰～13.0‰ (SMOW)
西秦岭拉尔玛金矿	—	Cl-SO_4^{2-}-Ca-Na 型	≤10～20MPa	pH: 5.85～6.42; Eh: 0.50～0.54V; lgf_{O_2}=-37.74～43.31; lgf_{S_2}=-9.85	-72.8~121.5‰ (SMOW)	8.07‰～15.34‰ (SMOW)
卡林金矿	0～8wt%NaCl	CO_2, CH_4, H_2S	压力为 10～50MPa，深度为 1～5km	弱酸-弱碱	大多数矿区为 -160‰～-120‰; Getchell 矿区为 -155‰～-40‰ (SMOW)	石英中的 δ18O 为 1‰～26‰ (SMOW)
黔西南微细浸染型金矿	—	Cl-Na 型	≤10～30MPa	pH: 4.29～5.43; Eh: 0.35～0.65V; lgf_{O_2}=-36.52～44.51; lgf_{S_2}=-12～35	-103.2‰～-88.46‰ (SMOW)	-9.22‰～-5.24‰ (SMOW)
松潘东北寨金矿	—	—	30～40MPa	pH: 5.68～6.00; Eh: 0.11V; lgf_{O_2}=-44.85～48.54; lgf_{S_2}=-17.08～24.96	-75.49‰～-66.56‰ (SMOW)	8.07‰～15.34‰ (SMOW)

矿床名称	碳酸盐中的 δ13C 和 δ18O	硫化物中 δ34S	H_2O 来源	CO_2 来源	金来源	成矿机制
西秦岭大水金矿	金矿 δ13C=-1.2‰～5.06‰; δ18O=-22.8‰～0.8‰	-1.8‰～+4.5‰	早期金的成矿流体为岩浆水，晚期为改造的大气降水	沉积岩+侵入岩	侵入岩+沉积岩	硫化物作用、温度降低、渗滤作用、次生富集作用
西秦岭拉尔玛金矿	—	—	大部分矿区为改造的大气降水，Getchell 矿区为变质水、岩浆水和大气降水	—	—	—
卡林金矿	δ13C=-4‰～3‰; δ18O=713‰	-7‰～17‰	—	沉积岩±侵入岩变质岩	沉积岩±侵入岩变质岩	硫化物作用、温度降低、渗滤作用
黔西南微细浸染型金矿						
松潘东北寨金矿						

资料来源：袁万明著《甘肃省玛曲县格尔柯金矿田金成矿地质地球化学特征》；闫升好著《甘肃大水特大型富赤铁矿硅质岩型金矿床成因研究》；王平安著《秦岭造山带区域矿床成矿系列、构造-成矿旋回与演化》；赵泽三著《西秦岭南亚带碳硅岩型金（铀）矿成矿物理化学条件和成矿机理》。

　　大水金矿成矿作用经历了矿源层形成期、热液成矿期和表生期3个阶段，是通过矿源层供矿-构造减压和驱动-大气降水的热液对流循环所形成的。大水金矿床的成矿模式可概括为成矿物质的大规模超常聚集、矿质的运移-传输、矿床（矿体）的定位3大系统，即成矿物质的聚集、运移和定位3个阶段（图6-3）。

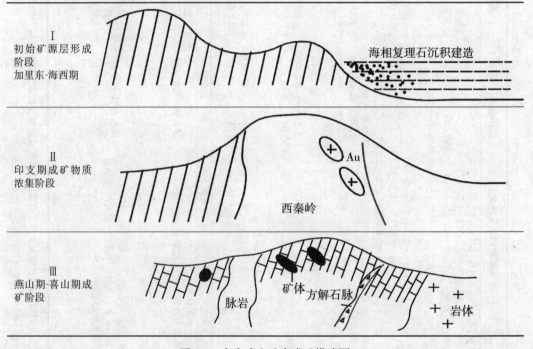

图 6-3　大水式金矿床成矿模式图

　　注：I. 加里东-海西期初始矿源层形成阶段；II. 印支期成矿物质浓集阶段（构造运动、地层褶皱、岩浆活动使成矿物质活化迁移在有利岩层中）；III. 燕山期-喜山期阶段（断裂、岩浆活动、热液作用使矿源层富集成矿，围岩产生蚀变）。

第七节　大水金矿床成矿预测

　　成矿预测是在成矿理论、成矿模式和成矿规律的研究基础上，结合地、物、化、遥多源地学信息圈定有利找矿地段或靶区，是对成矿理论、成矿模式和成矿规律的检验和验证。长期以来，矿山生产方在已有成矿理论和成矿模式的指导下进行找矿，取得了良好的找矿效果。但是，随着人们对矿床的不断勘探和开采，地质找矿工作的难度越来越大，找矿效果日益欠佳，矿山资源出现危机。为此，我们必须拓宽找矿思路。写作本书的目的是在对大水金矿床地质特征、地球化学特征及矿床综合研究的基础上，运用研究成果及对已知矿床矿化规律的认识，在已知矿床的深边部进行成矿预测研究（蒋顺德，2007）。

　　大水金矿大地构造位置属于秦祁昆造山带，东昆仑-南秦岭褶皱系，西秦岭南亚带，其深部及外围找矿前景良好。本书在总结已有的勘查、研究资料的基础上，结合大量野外工作和研究成果，运用勘查地球化学新的成矿理论和新认识，尝试进行多角度分析，结合原生晕中成矿元素的地球化学异常，试图对大水金矿区 77、82 勘探线附近深部进行分析和预测，期望得到些有益的尝试，为以后更进一步进行整个矿区成矿预测做准备。

一、大水金矿床深部成矿

所谓第二金矿化富集段是相对上部矿化富集段而言的，指从目前勘探深度以下，经过弱矿化之后又出现的一个矿化富集段，有研究表明（赵长发等，2005），大水地区金矿化深部有可能存在第二矿化富集段。

西秦岭深部一般矿化好的地段断裂带规模较大，走向长度多为几公里至几十公里，控制大矿床的断裂带长度均大于 6000m。根据地壳破裂规律，一个很好而且连续很好的破裂结构面必有一定深度，那么本区断裂控制深度至少可达 1500~6000m，而目前的钻孔控制深度和开采深度远远小于该深度，因此推测在控制区以下可能还存在金矿化富集段。

大水矿区的氧化带很发育，地表几乎全部为氧化矿石，目前已开采至 3490 中段，但仍以氧化矿石为主，所以可能原生矿石的出露深度比较大。

我们已计算求得大水金矿床成矿阶段的压力为 4.4~12MPa，说明成矿深度比较浅，大约为地下 150~500m，为近地表浅成环境，但这只反应上部富集带成矿环境，而不能代表深部成矿环境。

根据赵长发等（2005）的研究，钻孔 ZK1102 在孔深 239.8~249.04m，见到视厚度 9.6m，金平均品位 1.42g/t 的金矿体；304~306m 见视厚度 2.0m，金平均品位 2.09g/t 的金矿体，表明大水金矿床中深部有金矿体存在的可能性。

据 1：5 万水系沉积物测量资料显示，本区金矿体异常呈东西向展布，长 2400m，宽 15~35m，面积 1.2km。峰值 2224.7ng/g，平均强度 81.3ng/g，衬度 10.16，具内、中、外带，与主矿体位置相对应，表明这类异常由深部矿体所致。

根据卫星遥感资料 EMT 影象图解显示，本矿区存在环形放射状构造，若干次级环形构造，这可能是由地下深部隐伏岩体引起。

国内外不少大型金矿田，如胶东金矿、小秦岭金矿等，通过原生晕等手段成功寻找到深部富集矿段。然而，目前还没有在该方面针对大水矿区的深入研究，通过与其他矿区的对比发现，大水矿区存在深部矿体的可能性是比较大的。

根据上述矿化富集段在垂向延伸一定深度后，向下经过弱矿化段并进入第二矿化富集段的理论，笔者认为有必要加强大水金矿床第二矿化富集段的研究和探索深部矿体。

二、找矿标志

控矿因素研究是预测、找矿工作中最基本的工作内容之一。通过控矿因素剖析，把握矿床成矿机制和时空上的产出及分布特征，在此基础上总结矿床成矿规律，进而利用成矿规律指导预测、找矿工作。大水金矿控矿因素主要有地层因素、岩性因素、构造因素、岩浆岩、围岩蚀变、热液脉体、地球化学因素等。根据这几项控矿因素，对矿区内的找矿标志试作如下探讨。

1. 地层

大水金矿矿体大多数赋存在二叠-三叠系的灰岩、白云质灰岩，侏罗系砾岩中，其中主要为海相、海陆交互相碳酸盐岩和碎屑岩建造下三叠统马热松多组，而其他层位矿化明显较弱，具有明显的层控特征。矿体主要产于赤铁矿化硅化灰岩、赤铁矿化硅化花岗闪长岩及其接触带中。

2. 构造

根据矿体剖面图和现存资料可知，区内的矿体产出状态严格受断裂构造控制。从区域构造分析，玛曲-略阳逆冲弧型断裂规模大，是控制金矿带的一组主要断裂，具有分期性和继承性活动的特点。它是一个导矿构造，控制了西倾山成矿带的分布，对金矿起明显控制作用。略阳-玛曲断裂是该组断裂的南缘主断裂，大水-忠曲断裂是该组断裂的北缘主断裂，金矿带被限在上述 2 条主断裂之间。矿区近东西向的断裂为其上盘，是本区的控矿构造，控制着大水金矿床的分布，次级北东向和南北向断裂和岩溶构造带是容矿构造，控制着矿区内的矿体分布。

控矿构造类型主要有：①破碎带型构造控矿；②密集的劈理化带和节理化带构造控矿；③"入"字型构造控矿；④溶洞构造控矿；⑤岩脉与围岩的断层接触带控矿；⑥多组断裂交叉复合控矿；⑦断裂产状的空间变化控矿。

次一级压扭、张扭性断裂破碎带、脉岩与灰岩的接触带或岩体超覆部位等是大水金矿床的主要容矿构造。在断裂破碎带有大量花岗闪长岩和辉石石英闪长玢岩岩脉及方解石脉充填，为热液活动和金的沉淀提供了良好的场所。特别是两组构造交汇处，是矿体最集中、最富集的部位。南北向断裂对区内的矿体起到定位作用，严格控制着矿体的产状、规模及形态。

总而言之，对成矿的控制作用的断裂构造有如下特点：区域 NWW-近 EW 向断裂构造带控制了矿带、矿床的空间分布。次级 NWW-EW 向断裂其伴（派）生低序次的近 SN 向、NEE-NE 向断裂破碎带、断裂交叉复合处、节理裂隙密集发育带，岩脉与围岩之接触带等控制了矿体的空间定位。

3. 岩浆岩

大水金矿岩浆岩规模一般不大，侵入岩多呈小岩株或岩脉产出，但与金成矿有密切联系，部分侵入体直接参与了金矿化，其中，燕山期岩浆侵位活动对金和多金属成矿起着极为重要的作用。控制成矿的岩浆岩标志：浅成-超浅成、偏碱性的闪长玢岩、花岗闪长斑岩、二长斑岩的小岩体或岩株、岩脉，特别是岩脉密集发育的地区为成矿有利区。岩脉是大水式金矿的一种重要的控矿构造。中酸性脉岩密集发育的地段即是矿脉群集中产出的地方；脉岩与围岩地层的接触带既是构造多期次活动的有利部位，也是含矿热液输运和沉淀的最佳场所；因此，中酸性脉岩群是找寻大水式金矿的一项重要找矿标志。

4. 围岩蚀变

大水金矿床的围岩蚀变严格受断裂、破碎带的控制，以中低温热液蚀变为特征，具多阶段性，以裂隙充填脉状为主，多呈线状、带状蚀变，主要蚀变类型有：硅化（玉髓化）、赤铁矿化、方解石化、碳酸盐化，其次有绿泥石化、绢云母化、高岭土化、褐铁矿化、黄钾铁矾化等。金矿化与硅化、赤铁矿化、褐铁矿化、方解石化密切相关，特别是经赤铁矿化、硅化的岩石一般呈特征非常明显的红色、紫褐色，是最直接的找矿标志。

本区蚀变具明显分带；以矿体为中心，主要发育强烈的硅化、赤铁矿化和网脉状石英—方解石化，矿体两侧为黄钾铁矾化和方解石化。因此，蚀变对金矿起了明显的控制作用。

5. 热液脉体

控制成矿的热液脉体特点：热液方解石（粗晶-巨晶）呈大脉状、不规则的团块状、近水平壳状发育的地区。不规则的团块状粗晶方解石多出现在矿体中，近水平产出的方解石顶壳或帽盖下一般为品位较高的富矿体，而梳状或条带状的方解石大脉常可指示热水活动的中心部位。

6. 地球化学找矿标志

该区金成矿元素组合为显著的 Au，As，Hg，Sb 等低温元素组合，上述元素的化探异常和浓度集中沿区域性大断裂带呈条状、带状分布，且与金矿体具有良好的吻合关系，因此可作为间接的找矿标志。

大水金矿区最初就是通过检查地化异常而发现的。该矿床伴随着明显的 Au-Ag-As-Hg-Sb 地化异常。特别是沿某些破碎带分布的 Au-Ag-As-Hg-Sb 组合异常，指示着成矿热液的活动，是区域找矿的重要标志。

7. 原生晕标志

原生晕异常是重要的找矿标志之一，它不仅可以反映矿体的产状、显示矿体的"构控"特征，而且可以反映矿液的运移方向，为隐伏矿预测提供依据。一般出现尾晕和前缘晕共存时，暗示矿体的深部延续性较好或深部可能存在隐伏矿体（李惠，1999）。

结合大水金矿实情，推测研究区有 2~3 个原生晕的叠加。W-Bi-Mo-Ni-Co 为典型的尾晕元素，位于本矿体前缘部的 Mo，Co 异常极有可能是第一个串珠状矿体的尾部位置；As，Sb，Hg 为典型的前缘晕指示元素，As 和 Sb 的分布规律类似，位于本矿体中部的 Hg 异常极有可能是下一串珠状矿体的上部位置。位于本矿体尾部的 Ag 异常极有可能是最后一个串珠状矿体的中上部位置，预测本次研究中段之下一定范围内存在新矿体的可能性比较小，下一步可以尝试寻找深部找矿和外围找矿前景。

原生晕 8 组地球化学参数是：As＋Hg＋Sb，Pb＋Zn，Au/Ag，As/Bi，Pb/Zn，100＊Sb/（Bi＊Mo），（Pb＊Zn）/（Au＊Ag）和（Pb＊Zn）/（Mo＊Bi），分别显示

了不同分带特征。综合分析上述 8 组地球化学参数的分带特征得知，它们验证了 77 勘探线左下矿体 Au3 和 82 勘探线左下矿体 Au111 存在，82 勘探线右下可以作为关注地段。

大水金矿的异常元素分带的特征是由于下部矿体前缘晕叠加在上部矿体尾晕上面引起的，这一推测可以和前面论述的上下两个串珠状的矿体形态相互印证，即串珠状的矿体的特点就是上部矿体的尾晕与下部矿体的前缘晕叠加在一起。

三、成矿预测

根据上述的地球化学找矿因素，结合详细的区域成矿规律研究成果，依据区域地质背景、成矿规律、构造控矿作用及原生晕异常等，可以对大水金矿下部可能存在的金矿床（体）进行预测评价。

77、82 勘探线深部预测：综合分析大水金矿 77 勘探线的分带特征得知，研究中段之下一定范围内存在新矿体的可能性比较小，矿体 A3 和 A7 可能延伸一定深度就会尖灭；综合分析大水金矿 82 勘探线的分带特征得知，剖面左下矿体 Au111 矿体下方存在新的矿体的可能性比较小，82 勘探线剖面右下可以作为关注地段。

大水金矿成矿深部预测远景区：根据地层、构造、岩浆岩、围岩蚀变和热液脉体特点等，并结合下一步原生晕工作，对整个矿区成矿深部预测远景区做出预测，从而为可持续生产提供保证。

大水金矿床深部成矿远景评价：①从见矿标高看，矿体由东向西见矿标高逐渐抬升，西端 3600～3800m，东端 3600～3400m，矿体规模由东向西在地表逐渐缩小，表明在大水金矿床两侧深部找矿前景良好；②ZK1102 在 300m 以下见矿，预示其下仍有较强的金矿化，有可能存在深部矿体；③Au20 矿体及其他单个矿体大多向西、西南倾伏，Au7、Au8 号矿体形态复杂，规模变化大，具缩小膨大、分支复合、尖灭再现等特征；④多种有利于成矿的地质条件复合（赵长发等，2005）。

综上所述，对大水金矿床原生晕的研究表明，该矿床轴向分带在前缘和尾部元素类别上与典型金矿床序列基本一致，仅顺序有差异，我们利用该序列差异对大水金矿 77 和 82 勘探线进行了验证，结果证明了方法的可行性；大水金矿床具有较典型的叠加晕特征，即在中下部的前缘晕叠加预示下部有新矿体的存在。通过对矿床原生晕分带性的研究，确定成矿指示元素及其分带序列，进而进行深部找矿，预测隐伏矿体，是一种有效的寻找隐伏盲矿体的方法。原生晕法为金矿深部寻找盲矿或第二富集带提供了一种有效方法和手段，该种方法将会在金矿床深部寻找盲矿、指导矿山深部探矿增储、缓解矿山资源危机方面发挥重要作用，同时为深部坑道工程部署提供了有利的地球化学依据。

第八节　找矿方向

从区域上看，特大型金矿床大都产出于弧形构造的顶端，说明弧形构造的确为控矿的主要因素，为下一步区域上大型-超大型金矿床找矿的标志之一。

从区域上看，金矿床大都产在岩体的边部，尤其是燕山期中酸性岩浆岩对矿床的产出起到了一定的控制作用，有的脉岩本身就是矿，所以，岩体出露的地区可作为成矿远景区。

大水、贡北、忠曲等金矿点都赋存于岩浆侵入体附近的一系列次级张扭性构造上，并且这些构造作为矿质的运输通道，在深部肯定与深大断裂相连。从区域上看，金矿化是不均匀的，是由于岩浆侵入时，从深部到浅部（地表-近地表）热源不断衰减，导致了热液物质组分与围岩没有发生充分的物质组分交换。所以，这 3 个金矿床在区域位置上看都与侵入岩有一定的关系。随着深度的加深，地下热液更富集，冷却更缓慢，有利于热液物质组分与围岩发生充分的物质交换，可能表征为在浅部以混合作用为主，深部以沸腾作用为主，这有待于下一步工作证实，所以推测这 3 个金矿点在深部由于构造汇聚可能形成更大更富的矿，加大深部找矿对大水金矿的突破性发展有至关重要的作用。

因大水金矿与构造（尤其是深大断裂）密切相关，在大水矿区及其周边地区可采用追索区域构造断裂破碎带，圈定地化异常区及利用地质、地磁及遥感等手段寻找隐伏岩体，从而划出有利的成矿地段。

第七章 总结

大水金矿床是甘肃省南部西倾山地区所发现的一类矿化特征极为独特的金矿。矿床产于造山带古生界-新生界碳酸盐岩地层，时空上与印支-燕山期浅成-超浅成中酸性岩浆岩关系密切。金矿化主要赋存在热液作用形成的硅化岩和硅质岩内，矿化强度与硅化、赤铁矿化紧密相关。矿石呈特征的红色、褐色，极贫硫化物。矿床埋藏浅、品位高、成分简单、易采易选，经济价值极高。在以往的金矿床地质矿产文献中，该类型矿床论述很少。

从金矿床成矿的物质来源出发，从金矿床成矿条件与控矿因素入手，在野外选取有代表性的中段剖面和采场剥离断面进行详细观察、研究与系统取样，在室内采用多种近现代最先进的方法和手段，包括电感耦合等离子体质谱（ICP-MS）、电镜扫描、X 射线衍射、能谱分析、流体包裹体测温与成分测试、矿石同位素，对它们进行了系统而深入的研究。通过上述研究，对大水金矿床在地质矿产特征、成矿条件、控矿因素、矿床成因类型、矿床成因模式以及分布规律与找矿方向等多方面有了较深刻、全面的理解，获得了许多新的认识。

研究工作取得的主要结论与认识归纳总结如下：

通过对矿床矿脉、矿体、矿物、矿石结构和构造、围岩蚀变等的详细描述和综合前人资料分析，将该矿床热液阶段的矿物共生序列分为主矿化前的硅化阶段（Ⅰ）、早期硫化物阶段（Ⅱ）、晚期硫化物阶段（Ⅲ）、碳酸盐化阶段（Ⅳ）和次生富集氧化期，其中，Ⅲ是最重要的成矿阶段。

元素地球化学特征表明：成矿物质为壳幔混源，随成矿的进行有古大气水的逐步混入。富矿岩石中 SiO_2 的含量明显较高，而贫矿岩石中 CaO，CO_2 等围岩组分的含量很高。从远矿到近矿，SiO_2/CO_2 值逐渐增大，K_2O/Na_2O 值逐渐减小。通过聚类分析、因子分析以及含矿剖面研究发现，Au 与 SiO_2，Fe_2O_3 等带入组分以及 Al_2O_3，TiO_2 等上地壳组分的关系十分密切；Au 和 Ag，Co，W，Sb 等元素的关系密切。本区金矿石总体 Co/Ni 比值都较高，大部分富金矿石的 Co/Ni 比值>1/2，说明本区富金矿石大多都受深源热液的影响；稀土元素配分模式图都为右倾型，为轻稀土富集型，具有明显的 Eu 负异常，Ce 异常不明显。这说明成矿的环境大致为氧化环境，并且说明后期表生作用对金成矿起到了至关重要的作用。在镜下，赤铁矿呈磁铁矿的假象出现也证明了这一点；锶同位素研究表明岩浆岩在侵入过程中混染了壳源并且与围岩地层发生相互作用，有物质的交换发生。

成矿流体为中低温、低盐度、弱酸性流体，成矿压力为 4.4~12 MPa，形成深度大约为地下 150~500m，主要以 $[Au(HS)_2]^-$，$[AuH_3SiO_4]^0$ 形式迁移，随着温度、压力、硫逸度（f_{S_2}）降低，氧逸度（f_{O_2}）的增加，硅化、硫化作用、混合作用是大水金矿金沉淀的有效机制。

　　成矿规律有以下特点：区域上，矿床产出于弧形构造顶端，矿体赋存在二叠-三叠系灰岩、白云质灰岩，侏罗系砾岩中，区域 NWW-近 EW 向断裂构造带控制矿带、矿床空间分布，近 SN 向、NEE-NE 向断裂破碎带、断裂交叉复合处、节理裂隙密集发育带，岩脉与围岩之接触带等控制了矿体的空间定位；在时间上，金成矿与燕山期岩浆活动有密切关系。成矿应贯穿了整个燕山期，主要为燕山中后期。在成矿过程中还有表生作用的参与，成矿时间为燕山-喜山期。

　　因大水金矿与构造（尤其是深大断裂）密切相关，在大水矿区及其周边地区可采用追索区域构造断裂破碎带，圈定地化异常区及利用地质、地磁及遥感等手段寻找隐伏岩体，从而划出有利的成矿地段。

参 考 文 献

陈国忠，等. 2006. 西秦岭大水式金矿含金硅质岩地质地球化学特征及成因. 甘肃科技，(04)：84
　　～88.

陈衍景，等. 2004. 西秦岭地区卡林-类卡林型金矿床及其成矿时间、构造背景和模式. 地质论评，
　　50：134～152.

程伟基. 1983. 热液系统的物理化学性质和硫同位素演化. 地质与勘探，(9)：21～29.

代文军，陈国忠，马小云. 2009. 甘肃大水金矿床成矿流体特征与来源. 甘肃地质，(01)：21～27.

董云鹏，张国伟，朱炳泉. 2003. 北秦岭构造属性与元古代构造演化. 地球学报，24 (1)：3～10.

杜子图. 1997. 西秦岭地区构造体系对金矿分布规律的控制作用. 北京：中国地质科学院.

段存基. 2006. 河南嵩县蓬香洼金矿床成矿流体地球化学和矿床成因研究. 北京：中国地质大学.

樊文苓，王声远. 1993. 低温热液中金-硅络合作用的实验标定. 科学通报，(10)：933～935.

樊文苓，王声远，田弋夫. 1995. 金-硅配合作用的实验研究及其地球化学意义. 矿物岩石地球化学通
　　报，(01)：18～20.

冯小明，刘东晓. 2001. 贡北金矿床地质特征及找矿远景浅析. 甘肃地质学报，10 (2)：66～73.

冯益民，曹宣铎，张二朋. 2003. 西秦岭造山带的演化、构造格局和性质. 西北地质，36 (1)：1～9.

冯益民，何世平. 1996. 祁连山大地构造与造山作用. 北京：地质出版社.

甘肃省地质矿产局. 1989. 甘肃省区域地质志. 北京：地质出版社.

高兰. 1998. 大水式金矿床——我国新发现的一种金矿成因类型. 矿床地质，17 (09)：389～392.

葛肖虹，刘俊来. 1999. 北祁连造山带的形成与背景. 地学前缘，6：223～230.

韩春明，等. 2004. 甘肃省玛曲大水金矿地球化学特征. 地球学报，25 (2)：127～132.

韩要权. 2003. 西秦岭东部金矿成矿模式和找矿方向. 长沙：中南大学.

何进忠. 2008. 西秦岭金属矿床成矿地球化学场研究. 北京：中国地质大学.

华仁民. 1994. 成矿过程中由流体混合而导致金属沉淀的研究. 地球科学进展，9 (4)：15～22.

霍艳. 2005. 西藏马攸木金矿床成矿流体地球化学. 成都：成都理工大学：30～45.

蒋顺德. 2007. 个旧高松矿田芦塘坝矿段矿床地球化学及成矿预测. 昆明：昆明理工大学.

黎彤. 1976. 化学元素的地球丰度. 地球化学，(1)：167～174.

李波. 2008. 云南巧家松梁铅锌矿床地质特征及构造地球化学异常模式. 昆明：昆明理工大学.

李红阳，等. 2007. 甘肃大水闪长岩型金矿床的矿物地球化学特征. 地质与勘探，43 (4)：41～45.

李惠. 1999. 金矿床轴向地球化学参数叠加结构的理想模式及其应用准则. 地质与勘探，35 (6)：40
　　～43.

李绍儒，等. 1997. 小秦岭东闯铅、金矿床流体包裹体地球化学特征. 黄金地质，3 (4)：21～28.

李向东，王晓伟. 2006. 大水金矿成矿地质特征及控矿因素分析. 甘肃科技，22 (8)：64～67.

李真善，魏振伟，石强. 2005. 隐爆角砾岩在格尔珂金矿的发现及成矿意义. 甘肃科技，(09)：84～85.

李真善，谢建强，李文军. 2002. 玛曲县大水金矿床控矿地质条件及其矿床成因探讨. 甘肃地质学
　　报，11 (11)：5～9.

刘斌. 1987. NaCl-H$_2$O溶液包裹体的密度式和等容式及其应用. 矿物学报，7 (4)：345～352.

刘斌. 1986. 利用不混溶流体包裹体作为地质温度计和地质压力计. 科学通报，31 (18)：1432
　　～1432.

刘斌，沈昆. 1998. 流体包裹体热力学. 北京：地质出版社.

刘家军. 1998. 西秦岭寒武系金矿床中铟的富集及其意义. 黄金科学技术, 6 (1): 24~25.

刘家军, 等. 1997. 西秦岭大地构造演化与金成矿带的分布. 大地构造与成矿学, 21 (4): 307~314.

刘敏. 2002. 江西银山多余属矿床成矿流体地球化学研究及矿床成因讨论. 北京: 中国地质大学.

刘晓春, 等. 2003. 甘肃大水二长岩类特征、结晶条件与侵位深度. 地质力学学报, 9 (1): 62~69.

刘英俊, 马东升. 1991. 金的地球化学. 北京: 科学出版社: 233~257.

刘英俊, 等. 1984. 元素地球化学. 北京: 科学出版社.

卢焕章. 2004. 流体包裹体. 北京: 科学出版社.

罗梅. 2006. 云南老寨湾金矿床成矿物质来源分析及矿床成因探讨. 成都: 成都理工大学.

毛景文, 等. 2005. 中国造山带内生金属矿床类型、特点和成矿过程探讨. 地质学报, 79 (3): 342~372.

毛景文, 等. 1999. 北祁连西段金属矿床时空分布和生成演化. 地质学报, 73 (1): 73~82.

毛景文, 等. 2000. 北祁连西段花岗闪长岩的锆石 U-Pb 年龄及其动力学意义. 地质论评, 46 (6): 616~620.

倪师军, 周绍东. 1997. 西秦岭成矿远景区构造——岩相组合特征与隐伏金矿床构造物理化学预测研究. 成都: 成都理工大学.

黎彤. 1976. 化学元素的地球化学率度. 地球化学, (3): 35~36.

王安建, 高兰, 闫升好. 1998. 大水式金矿床成因和分布规律探讨. 矿床地质, 17 (09): 267~270.

王平安. 1997. 秦岭造山带区域矿床成矿系列、构造-成矿旋回与演化. 北京: 中国地质科学院.

王声远, 樊文苓. 1994. Au 在 SiO_2-HCl-H_2O 体系中 200℃溶解度的测定——硅化对金矿化的意义初探. 矿物学报, 14 (1): 46~55.

王秀璋, 等. 1992. 中国改造型金矿床地球化学. 北京: 科学出版社.

王义文. 1990. 中国金矿床稳定同位素地球化学研究. 桂林工学院学报, 10 (3): 279~282.

王勇. 2002. 西秦岭晚古生代地层地球化学动力学及盆地—造山—成矿过程研究. 北京: 中国地质科学院.

魏菊英, 王关玉. 1988. 同位素地球化学原理. 北京: 地质出版社: 15~186.

闫海卿. 2007. 甘肃省玛曲县大水金矿田成矿地质条件与控矿构造研究报告. 西安: 长安大学.

闫升好, 等. 2000. 大水式金矿床地质特征及成因探讨. 矿床地质. 19 (2): 12~17.

闫升好. 1998. 甘肃大水特大型富赤铁矿硅质岩型金矿床成因研究. 北京: 中国地质科学院.

燕建设. 2005. 马超营断裂带流体系统地球化学特征. 物探与化探, 29 (6): 487~492.

杨国强. 2008. 海南土外山金矿的成矿流体特征及成因探讨. 北京: 中国地质大学.

杨恒书, 等. 1995. 四川隆康、塔藏含火山岩地层时代新证据. 地质通报: 3~5.

袁万明. 2004. 甘肃省玛曲县格尔珂金矿田金成矿地质地球化学特征. 北京: 中国科学院高能物理研究所.

张德会. 1998. 流体包裹体成分与金矿床成矿流体来源——以河南西峡石板沟金矿床为例. 地质科技情报, 17: 67~71.

张德会. 1997. 成矿流体中金的沉淀机理研究述评. 矿物岩石, 17 (4): 122~130.

张国伟, 郭安林, 姚安平. 2004. 中国大陆构造中的西秦岭-松潘大陆构造结. 地学前缘, 11 (3): 23~32.

张作衡. 2002. 西秦岭地区造山型金矿床成矿作用和成矿过程. 北京: 中国地质科学院.

赵长发, 等. 2005. 玛曲县格尔珂金矿床地质特征及深部成矿远景评价. 甘肃科技, 21 (9): 5~9.

赵希澄, 杨先觉, 黄克隆. 1979. 矿物包裹体均一法测温的压力校正. 吉林大学学报 (地球科学版),

(04)：150~156.

赵彦庆，等. 2003. 西秦岭大水金矿的花岗岩成矿作用特征. 现代地质，(02)：151~156.

赵泽三. 1992. 西秦岭南亚带碳硅泥岩型金（铀）矿成矿物理化学条件和成矿机理. 成都：成都地质学院.

Cole D R,Drummond S E. 1986. The effeet of transport and boiling on Ag/Au ration in hydrothermal solutions；a preliminary assessment and implieations for the fortnation of epithermal preeious-metalore deposits. Geochem. Explor,25：45~80.

Drummond S E,Ohmoto H. 1985. Chemical evolution and mineral deposition in boiling hydrothermal systerms. Econ. Geol. ,80：126~147.

Grerar D A,Barnes H L. 1976 . Ore solution chernistry V. Solubilities of chalcopyrite and chalcolite assemblages in hydrothermal solution at 200 to350℃. Econ. Geol. , 71：772~794.

Grant J. 1986. The isocon diagram-Asimple solation to Gresens's Equitions for metasomatic alteration. Econ. Geol. ,81：1976~1982.

Helgeson H C. 1969. Thermodynamies of hydrothermal systems at elevanted temperatures and pressures. Amer. J. Sci,267：729~804.

Helgeson H C. 1979. Mass transfer among minerals and hydrothermal solutions. In Geochemistry of Hydrothermal Ore Deposits（ed. Barnes HL）,John Wiley and Sons,47：568~610.

Henry R. 1951. Cornwall, Limonite, Magnetite, Hematite, and Copper In Lavas of the Keweenawan Series. Econ. Geol. ,46：51~67.

M S Sakharova，Y A Batrakova，S K Ryakhovskaya. 1981. The effects of pH on the deposition of gold and silver from aqueous solutions. Geochem,18：28~34.

Potter R W. 1978. Freezing point deperssion of aqueous sodium chlorite solutions. Econ. Geol. , 73：284~285.

R W Boyle. 1979. The geochemistry of gold and its deposits. Canada Geol. Survey Bull：280~584.

Ripley E M,Ohmoto H. 1980. A FORTRAN program for plotting mineral stabilities in the Fe-Cu-S-O system in terms of $\log(\Sigma SO_4/\Sigma H_2S)$ or log f_{O_2} vs. pH or T. Comput Geosci. ,5：289~300.

Ripley E M,Ohmoto H. 1977. Mlineralogie,sulfur isotope, and fluid inclusion studies of the stratabound copper deposits at the Raul mine. Peru. Econ. . Geol. ,72：1017~1041.

Roedder E. 1984. Fluid Inclusions, Reviews in Mineralogy. Mineralogical Society of America,70：324~423.

Sakharova M S，Yu A Batrakova，Ryakhovskaya S K. 1981. The effect of pH on the deposition of gold and silver from aqueous solutions. Geochem,18：28~34.

Schneeberg E P. 1972. Measurement of sulfur fugacities with the electro－chemical cell $Ag/Agl/Ag_2S$：Internat. Geol. Cong. , 24th, Montreal sec. , 14：91.

Seward T M. 1982. The transport and deposition of gold in hydrothermal systems. In：Foster R P, ed. Proc. Gold 82：The geology, geochemistry and genesis of gold mineral deposits. Univ. Zimbabwe,70：165~181.

Terrence P Mernagh. 2008. Transport and Precipitation of Gold in Phanerozoic Metamorphic Terranes from Chemical Modeling of Fluid－Rock Interaction. Economic Geology, 103：1613~1640.

Vinogradov A P. 1962. Average contents of chemical elements in the principal types of igneous rocks of the earth's crust. Geokimiya,7：641~664.

附表 1　大水金矿岩浆岩常量元素数据表

岩体	No	SiO_2	Al_2O_3	TiO_2	MnO	MgO	CaO	Na_2O	K_2O	Fe_2O_3	FeO	P_2O_5	CO_2	H_2O	LOI	total	σ	A/CNK	A/NK
格尔扩合岩体	1	63.270	15.840	0.490	0.060	2.020	3.930	2.730	4.270	1.160	2.300	0.170	1.450	2.260	—	99.950	2.420	0.9742	1.7382
	2	63.910	15.940	0.490	0.060	2.470	4.060	2.550	4.410	1.850	1.700	0.180	0.360	2.980	—	100.960	2.320	0.9749	1.7773
	3	62.310	15.630	0.470	0.090	2.910	4.200	2.520	4.570	1.340	2.690	0.200	1.060	2.940	—	100.930	2.600	0.9343	1.7190
	4	62.240	15.180	0.490	0.080	2.770	4.250	2.660	4.330	2.530	1.480	0.190	1.260	2.950	—	100.410	2.540	0.9041	1.6750
	5	63.950	15.550	0.540	0.030	2.600	3.870	2.500	3.600	3.920	1.220	0.230	—	2.630	2.940	100.950	1.780	1.0335	1.9414
	6	63.410	14.970	0.560	0.030	2.600	3.500	2.500	3.880	3.690	2.580	0.180	—	3.340	4.620	102.520	1.990	1.0200	1.8009
	7	62.550	15.720	0.440	0.030	3.540	3.620	2.780	4.020	4.210	0.190	0.120	—	2.330	2.550	99.970	2.370	1.0138	1.7614
	8	61.790	14.500	0.600	0.060	4.930	4.290	2.280	3.940	5.200	2.380	0.200	—	2.650	2.650	102.820	2.060	0.9168	1.8090
	9	64.920	14.760	0.470	0.050	3.210	2.560	1.740	3.750	4.290	3.260	0.170	0.720	2.430	3.620	102.800	1.380	1.2750	2.1325
	10	60.400	14.950	0.520	0.100	4.170	4.290	2.050	4.320	1.650	2.860	0.230	—	3.900	—	100.160	2.330	0.9433	1.8575
	11	63.290	15.250	0.460	0.080	2.600	3.620	2.570	4.500	1.120	2.500	0.190	0.370	2.820	3.010	99.070	2.460	0.9725	1.6760
	12	63.490	15.520	0.500	0.050	2.400	3.650	2.490	4.340	1.720	1.670	0.180	0.800	2.720	3.300	99.650	2.280	1.0058	1.7648
	13	63.180	14.210	0.480	0.080	2.750	3.870	1.960	4.660	2.310	1.170	0.190	1.610	3.500	4.820	99.970	2.170	0.9285	1.7186
	14	61.320	15.980	0.400	0.040	2.700	4.470	2.120	3.520	3.480	2.500	0.150	—	1.350	2.500	99.130	1.740	1.0360	2.1897
	15	59.800	15.980	0.400	0.400	3.930	3.500	2.360	3.520	4.800	3.380	0.200	—	—	2.360	98.920	2.060	1.1369	2.0773
	16	61.990	15.500	0.540	0.047	3.420	3.310	2.700	3.620	4.240	2.840	0.170	—	1.800	1.820	100.160	2.100	1.0780	1.8540
	17	54.400	16.660	0.600	0.087	3.500	6.610	3.100	5.080	7.860	3.580	0.400	—	0.390	1.180	102.290	5.870	0.7366	1.5719
	18	62.310	15.920	0.510	0.070	2.600	3.310	2.720	4.000	0.840	2.850	0.170	—	—	4.100	99.400	2.340	1.0740	1.8082
	19	62.963	15.535	0.442	0.063	3.155	3.363	2.486	4.349	0.700	2.840	0.184	0.530	2.500	3.270	102.380	2.340	1.0418	1.7659
	20	63.570	15.700	0.500	0.054	2.380	3.860	2.898	4.120	2.060	1.480	0.180	0.370	1.440	2.390	101.002	2.390	0.9664	1.7015
忠曲岩体	21	62.320	15.570	0.520	0.080	2.920	4.780	2.320	4.010	2.280	2.070	0.220	0.420	2.220	—	99.730	2.070	0.9241	1.9087
	22	63.980	15.190	0.570	0.030	1.280	4.200	0.700	4.440	1.870	0.820	0.190	2.910	4.760	—	100.940	1.260	1.1174	2.5497
	23	61.960	15.780	0.520	0.054	3.320	4.620	2.840	4.240	2.550	1.710	0.210	0.360	1.360	1.640	101.164	2.640	0.8935	1.7038
	24	62.770	15.826	0.496	0.064	3.207	3.859	3.233	4.181	2.360	1.730	0.199	0.100	1.500	1.480	101.005	2.780	0.9386	1.6076
忠格扎拉	25	56.640	17.960	0.610	0.140	1.880	4.510	3.710	7.240	2.700	3.460	0.550	0.270	1.000	—	100.670	8.790	0.8112	1.2884
	26	55.780	17.720	0.620	0.140	2.050	4.600	3.410	7.680	2.490	3.680	0.580	0.180	0.670	—	99.600	9.620	0.7951	1.2727
	27	53.370	16.470	0.780	0.160	2.990	6.420	2.570	6.680	3.680	4.050	0.750	0.270	1.240	—	99.430	8.250	0.7120	1.4374
	28	55.430	16.560	0.680	0.150	2.920	5.860	3.110	6.630	2.880	3.530	0.480	0.090	1.140	—	99.460	7.630	0.7216	1.3471
	29	51.930	16.620	0.880	0.150	3.800	8.030	2.400	5.830	4.220	3.620	0.700	0.180	0.050	—	99.050	7.580	0.6686	1.6201

注：1~10、21~22、25~29引自门书好著《甘肃大水特大型富赤铁矿硅质岩型金矿床成因研究》；11~13、18引自袁万明著《甘肃省玛曲县格尔河金矿田成矿地质地球化学特征》；14~17引自赵彦庆等著《西秦岭大水金矿的花岗岩岩成矿作用特征》；19~20、23~24为作者测试而得。

附表 2　矿区岩浆岩稀土元素含量表

岩　性	样品号	La	Ce	Pr	Nd	Sm	Eu	Gd	Tb	Dy	Ho	Er
花岗闪长岩	YT-003	30.60	58.20	7.00	26.40	4.70	1.19	4.02	0.54	2.59	0.47	1.33
花岗闪长岩	YT-006	29.50	57.00	6.90	26.10	4.70	1.14	3.96	0.47	2.12	0.36	1.02
花岗闪长岩	ZQYT-001	32.10	61.80	7.80	30.40	5.40	1.41	4.81	0.63	3.26	0.57	1.60
弱蚀花岗闪长岩	ZQYT-002	29.60	55.80	6.90	27.10	5.10	1.34	4.35	0.58	2.93	0.52	1.51
忠格扎拉二长斑岩	D-6	55.52	81.38	10.37	28.67	5.69	1.02	4.56	0.70	2.62	0.54	1.34
忠格扎拉岩体	D-10	97.44	140.10	16.52	49.01	9.34	1.66	6.51	0.89	4.22	0.86	2.27

岩　性	样品号	Tm	Yb	Lu	Y	ΣREE	LREE	HREE	LREE/HREE	La_N/Yb_N	δEu	δCe
花岗闪长岩	YT-003	0.19	1.22	0.20	15.80	138.65	128.09	10.56	12.13	17.99	0.82	0.94
花岗闪长岩	YT-006	0.14	0.90	0.13	16.70	134.44	125.34	9.10	13.77	23.51	0.79	0.95
花岗闪长岩	ZQYT-001	0.22	1.43	0.22	18.80	151.65	138.91	12.74	10.90	16.10	0.83	0.93
弱蚀花岗闪长岩	ZQYT-002	0.20	1.34	0.20	17.70	137.47	125.84	11.63	10.82	15.84	0.85	0.92
忠格扎拉二长斑岩	D-6	0.18	1.15	0.12	13.49	193.86	182.65	11.21	16.29	34.63	0.59	0.77
忠格扎拉岩体	D-10	0.30	1.84	0.27	21.06	331.23	314.07	17.16	18.30	37.99	0.62	0.78

注: D—6, D—10引自闫升好著《甘肃大水特大型富赤铁矿"硅质岩型金"矿床成因研究》; 其余为作者测试得到。

附表 3　大水金矿常量元素化学成分数据表

岩性	送样号	Au(>3g/t)	Na₂O	MgO	Al₂O₃	SiO₂	P₂O₅	K₂O	CaO	TiO₂	MnO	Fe₂O₃	FeO	CO₂	SiO₂/CO₂	K₂O/Na₂O
硅化灰岩(矿化)	k782-032	65.00	0.08	0.13	5.86	47.99	0.10	0.05	22.82	0.11	0.01	2.56	0.06	16.27	2.95	0.65
钙质含赤铁矿硅质角砾岩(含矿)	k782-071	14.10	0.07	0.11	1.02	88.32	0.03	0.08	0.77	0.04	0.02	4.03	0.37	0.73	120.99	1.14
硅化灰岩	k782-072	3.73	0.06	1.87	0.68	63.93	0.02	0.05	17.27	0.03	0.01	0.77	0.08	13.62	4.69	0.95
硅化灰岩(含矿)	k782-073	98.50	0.12	0.21	1.10	86.73	0.04	0.13	4.33	0.02	0.01	0.52	0.30	3.63	23.89	1.10
白云质灰岩	k3530-3	42.10	0.09	0.08	2.72	74.93	0.03	0.06	8.35	0.04	0.01	2.44	0.18	7.10	10.55	0.74
硅化灰岩	k3530-4	122.00	0.09	0.10	3.77	87.36	0.03	0.27	0.23	0.11	0.03	2.74	0.28	0.39	224.01	3.02
弱矿化细粒硅质岩(富矿)	k3530-73	5.22	0.09	0.11	3.66	82.82	0.05	0.14	5.30	0.08	0.02	2.09	0.12	3.62	22.88	1.60
灰岩	k3530-8	8.48	0.10	0.22	1.22	88.46	0.03	0.17	3.10	0.02	0.02	0.37	0.30	2.62	33.76	1.72
钙质岩屑角砾岩	k3530-132	4.81	0.04	9.24	1.92	23.83	0.05	0.02	29.86	0.04	0.04	0.74	0.49	29.96	0.80	0.51
钙硅质含碎屑质灰岩	GB3602-1	6.66	0.06	6.18	0.52	13.76	0.02	0.08	39.66	0.04	0.05	0.48	0.11	33.75	0.41	1.25
硅质砾岩(分析填隙物)	GB3602-5	5.38	0.06	4.20	0.96	46.82	0.04	0.20	23.04	0.02	0.04	1.45	0.12	20.67	2.27	3.30
碳酸盐化含矿硅质岩	GB3602-7	4.94	0.08	6.63	0.70	57.47	0.04	0.10	15.22	0.01	0.02	0.63	0.13	16.89	3.40	1.33
弱蚀变	GB3602-8	4.25	0.10	0.41	0.90	73.70	0.06	0.13	12.33	0.02	0.01	1.85	0.13	8.84	8.34	1.29
含矿砾岩	GB3602-10	13.40	0.04	9.09	1.26	45.07	0.04	0.18	18.24	0.03	0.02	0.78	0.08	22.00	2.05	3.98
含细砂泥质硅质岩	GB3602-11	7.49	0.11	2.60	11.73	67.18	0.12	1.91	3.38	0.55	0.01	3.14	0.06	5.46	12.30	18.23
碳酸盐化泥质碎裂含铁硅质岩	ZQ1-502	11.30	0.10	0.19	2.37	83.41	0.05	0.06	5.61	0.06	0.03	1.73	0.18	4.43	18.83	0.63
赤铁矿化	ZQ1-503	32.20	0.06	0.28	1.82	49.82	0.05	0.04	23.93	0.02	0.05	3.92	0.39	17.33	2.87	0.68
碳酸盐盐化含铁硅质岩	ZQ1-504	12.40	0.07	0.22	0.93	78.07	0.03	0.06	8.09	0.01	0.01	1.67	0.14	6.61	11.81	0.91
硅化灰岩	ZQ2-501	6.70	0.06	0.16	1.91	35.69	0.06	0.10	32.58	0.04	0.10	2.31	0.04	23.55	1.52	1.71
泥质多	ZQ2-502	11.10	0.07	0.07	4.87	63.24	0.10	0.02	15.17	0.17	0.05	1.95	0.04	11.13	5.68	0.32
含矿	ZQ3-501	21.00	0.06	0.12	4.60	61.58	0.08	0.04	16.98	0.12	0.07	1.52	0.06	11.86	5.19	0.57
平均值		23.85	0.08	2.01	2.60	62.87	0.05	0.19	14.58	0.08	0.03	1.79	0.17	12.40	24.72	2.17

富矿

	岩性	送样号	Au (<3g/t)	Na₂O	MgO	Al₂O₃	SiO₂	P₂O₅	K₂O	CaO	TiO₂	MnO	Fe₂O₃	FeO	CO₂	SiO₂/CO₂	K₂O/Na₂O
	接触带脉岩	k782-01	0.10	0.11	2.39	15.44	63.39	0.23	0.06	4.32	0.52	0.01	1.64	0.06	5.61	11.30	0.54
	闪长玢岩	k782-021	0.10	0.59	2.40	14.67	56.80	0.17	3.85	7.06	0.50	0.06	1.53	1.92	5.22	10.88	6.53
	蚀变云母黑闪长玢岩	k782-022	0.10	0.25	1.46	16.29	63.12	0.20	1.77	1.94	0.54	0.17	6.43	0.45	1.43	44.14	6.98
	灰岩	k782-031	0.10	0.04	0.23	0.59	1.95	0.01	0.06	53.09	0.03	0.01	0.36	0.07	37.58	0.05	1.63
	玢岩	k782-033	1.40	0.52	0.56	13.08	54.84	0.16	3.34	12.14	0.48	0.05	1.08	0.18	8.81	6.22	6.42
	褐铁矿染钙质岩屑细砾岩	k782-05	0.14	0.08	0.07	11.81	71.89	0.18	0.05	5.06	0.37	0.01	1.19	0.04	3.91	18.39	0.62
	硅化灰岩	k782-074	1.62	0.04	0.80	0.32	1.86	0.01	0.05	53.19	0.03	0.01	0.06	0.10	38.61	0.05	1.32
	硅化灰岩	k782-075	0.31	0.05	0.32	0.30	0.98	0.01	0.02	55.14	0.02	0.00	0.04	0.06	38.80	0.03	0.41
	钙质岩屑角砾岩	k3530-1	0.84	0.05	1.85	4.11	28.18	0.05	0.08	33.09	0.09	0.02	2.30	0.10	24.95	1.13	1.39
	花岗闪长岩	k3530-2	0.10	0.11	0.09	15.62	66.09	0.19	0.07	6.08	0.48	0.02	0.68	0.04	4.70	14.06	0.59
	白云质灰岩	k3530-6	0.38	0.08	1.07	0.17	0.73	0.01	0.01	53.69	0.01	0.01	0.05	0.05	38.48	0.02	0.17
	不含矿	k3530-71	0.17	0.03	0.74	0.14	0.61	0.01	0.01	54.53	0.01	0.01	0.10	0.05	38.91	0.02	0.32
	贫矿	k3530-72	0.55	0.07	1.22	1.95	16.97	0.04	0.08	42.42	0.01	0.04	1.32	0.05	30.78	0.55	1.10
	层纹灰岩	k3530-81	0.21	0.07	4.52	10.22	60.59	0.12	0.15	6.91	0.33	0.01	2.49	0.03	9.55	6.34	2.19
	角砾灰岩	k3530-9	0.10	0.05	0.26	0.43	1.89	0.02	0.01	53.42	0.02	0.06	0.44	0.03	38.81	0.05	0.22
	角砾灰岩	k3530-10	0.35	0.03	5.88	1.61	10.49	0.03	0.03	40.34	0.06	0.03	1.67	0.05	35.13	0.30	0.76
	灰岩	k3530-101	0.10	0.09	7.75	0.30	1.29	0.01	0.03	45.97	0.02	0.01	0.15	0.04	40.05	0.03	0.29
	角砾灰岩	k3530-12	2.16	0.04	12.98	0.84	10.75	0.03	0.01	33.55	0.05	0.03	0.23	0.39	36.14	0.30	0.19
贫矿及围岩	角砾岩（未矿化）	k3530-14	1.43	0.04	12.17	1.59	23.07	0.04	0.03	26.87	0.06	0.02	0.72	0.16	30.21	0.76	0.73
	不含矿灰岩	k3530-15	0.10	0.05	13.76	0.19	3.37	0.01	0.01	37.16	0.03	0.01	0.10	0.07	45.69	0.07	0.09
	接触带	GB3602-2	2.00	0.06	8.74	1.08	40.90	0.03	0.10	21.99	0.00	0.03	0.51	0.16	23.22	1.76	1.78
	断层泥	GB3602-3	1.34	0.15	1.96	18.09	55.74	0.08	2.92	2.34	0.90	0.03	7.92	0.31	2.02	27.59	20.01
	含矿砾岩	GB3602-6	0.88	0.07	7.91	0.65	12.67	0.05	0.12	38.34	0.01	0.02	0.47	0.08	35.19	0.36	1.74
	强风化	GB3602-81	2.48	0.07	1.27	0.82	62.71	0.06	0.11	17.18	0.01	0.02	2.84	0.16	12.78	4.91	1.70
	泥质粉砂岩（不含矿）	GB3602-9	0.20	0.08	3.70	5.48	35.95	0.08	0.65	25.98	0.19	0.04	2.08	0.09	20.39	1.76	8.64
	泥质粉砂岩（不含矿）	GB3602-12	0.10	0.06	5.69	5.60	20.12	0.08	1.35	32.47	0.23	0.05	0.96	0.26	29.95	0.67	23.19
	礁石岩	ZQ1-501	1.86	0.09	0.30	1.91	90.14	0.04	0.06	2.84	0.02	0.01	0.60	0.29	2.08	43.34	0.67
	无矿灰岩	ZQ3-502	0.10	0.04	0.26	0.16	5.89	0.02	0.02	51.51	0.02	0.05	0.20	0.06	36.59	0.16	0.59
	钙质岩屑细砾岩	DB-01	0.17	0.05	2.84	2.16	9.10	0.03	0.05	45.37	0.01	0.03	0.82	0.06	34.39	0.26	0.92
	碳酸盐化含石英闪长玢岩	DB-02	0.12	0.06	0.20	10.64	51.55	0.15	0.06	16.67	0.39	0.02	2.51	0.05	12.47	4.13	0.95
	平均值		0.65	0.10	3.45	5.21	30.79	0.07	0.50	29.36	0.18	0.03	1.38	0.18	24.08	6.65	3.09

附表 4 大水金矿富矿—贫矿微量元素分析结果表

岩性	送样号	Au/(g/t)	微量元素含量/(μg/g) Sc	Sr	Sb	Cs	Ba	Ta	Th	U	Cu	Pb	Cr	Co	Ni	Hf	Rb	Zr	W	Ag	Co/Ni
硅化灰岩（矿化）	k782-032	65.00	3.70	440.00	174.00	1.30	143.00	0.27	2.68	1.30	4.80	18.40	19.70	7.20	10.90	2.00	11.50	47.10	48.00	0.88	0.66
硅化灰岩	k782-072	3.73	2.31	59.80	88.20	0.49	75.30	0.03	0.33	0.60	2.40	8.60	3.70	1.30	3.60	0.50	5.60	2.20	9.10	0.20	0.36
硅化灰岩（含矿）	k782-073	98.50	0.70	39.30	126.00	2.86	124.00	0.19	0.66	0.90	6.10	7.10	8.90	14.60	10.70	1.30	10.60	5.80	207.00	0.290	1.36
白云质灰岩	k3530-3	42.10	0.80	65.90	183.00	1.78	175.00	0.12	1.11	1.10	9.80	18.70	33.70	8.70	16.90	1.10	7.00	11.90	46.00	17.20	0.51
硅化灰岩	k3530-4	122.00	0.80	81.30	264.00	3.88	130.00	0.42	2.60	1.50	24.80	18.90	40.40	16.10	18.30	2.90	21.60	39.30	182.00	19.60	0.88
灰岩	k3530-8	8.48	0.20	46.40	42.70	3.00	62.60	0.19	0.49	0.70	8.70	6.80	10.00	15.50	11.40	1.70	9.10	8.10	232.00	4.60	1.36
钙质硅质含砾砂质碎屑灰岩	GB3602-1	6.66	3.73	154.00	28.60	0.34	14.60	0.04	0.55	2.40	2.40	23.00	3.70	2.50	10.20	0.70	12.50	12.10	1.20	0.07	0.25
硅化灰岩	ZQ2-501	6.70	3.67	135.00	165.00	1.08	70.60	0.12	2.18	7.40	5.60	19.40	31.40	4.10	44.10	0.90	14.30	29.70	13.00	0.13	0.09
灰岩平均值		44.15	1.99	127.71	133.94	1.84	99.39	0.17	1.33	1.99	8.08	15.11	18.94	8.75	15.76	1.39	11.53	19.53	92.29	5.370	0.68
钙质含赤铁矿硅质岩角砾岩（含矿）	k782-071	14.10	0.21	82.70	495.00	1.52	146.00	0.26	0.77	0.60	8.90	10.80	15.90	20.70	10.90	1.90	7.80	8.50	250.00	0.180	1.90
钙质岩屑角砾岩	k3530-132	4.81	0.80	80.70	28.40	0.60	17.20	0.10	1.88	12.30	3.00	14.50	3.70	4.10	5.10	0.70	8.10	21.80	28.00	0.08	0.80
硅质岩屑砾岩（分析填隙物）	GB3602-5	5.38	1.61	156.00	94.70	1.18	30.40	0.08.	1.30	1.90	5.40	9.70	12.80	6.50	16.00	0.80	15.60	17.80	22.00	0.160	0.41
含矿砾岩	GB3602-10	13.40	1.52	88.10	128.00	0.93	38.00	0.08	1.22	1.90	4.60	6.90	8.60	4.40	9.60	0.80	11.30	21.00	11.00	0.120	0.46
砾岩平均值		9.42	1.04	101.88	186.53	1.06	57.90	0.13	1.29	4.18	5.48	10.48	10.25	8.93	10.40	1.05	10.70	17.28	77.75	0.14	0.89
弱矿化细粒硅质岩（富矿）	k3530-73	5.22	0.66	63.20	165.00	1.90	154.00	0.13	1.25	1.40	8.70	9.40	15.70	6.40	10.40	2.00	9.40	28.60	56.00	7.10	0.62
碳酸盐化含矿硅质岩	GB3602-7	4.94	1.13	78.00	95.90	0.84	37.50	0.07	0.87	3.20	4.00	5.70	5.40	4.40	9.20	0.80	6.50	14.20	36.00	1.14	0.48
含细砂泥质硅质岩	GB3602-11	7.49	5.45	176.00	104.00	10.50	150.00	0.72	11.20	6.70	20.40	4.30	84.30	26.80	38.00	5.80	93.40	170.00	21.00	0.07	0.71
碳酸盐化碎裂含铁硅质岩	ZQ1-502	11.30	0.82	65.60	256.00	1.02	202.00	0.19	1.59	5.00	11.40	16.90	60.90	12.50	17.50	1.70	5.20	17.60	159.00	0.18	0.71
碳酸盐化含铁硅质岩	ZQ2-504	12.40	0.58	58.20	311.00	1.03	173.00	0.08	0.39	6.50	7.30	9.30	36.20	7.10	12.30	1.00	6.40	3.70	61.00	0.12	0.58
硅质岩平均值		8.27	1.73	88.20	186.38	3.06	143.30	0.24	3.06	4.56	10.36	9.12	40.50	11.44	17.48	2.26	24.18	46.82	66.60	1.72	0.62

（分析号 / 富矿岩石）

分析号	岩性	送样号	Au/(g/t)	Sc	Sr	Sb	Cs	Ba	Ta	Th	U	Cu	Pb	Cr	Co	Ni	Hf	Rb	Zr	W	Ag	Co/Ni
												微量元素含量/(µg/g)										
	硅化灰岩	k782-074	1.62	0.90	164.00	4.48	0.25	9.42	0.01	0.19	0.60	1.30	31.50	3.70	0.80	3.00	0.50	15.30	8.60	4.20	0.39	0.27
	硅化灰岩	k782-075	0.31	0.71	118.00	3.10	0.11	4.50	0.01	0.19	0.20	1.10	31.40	3.70	0.80	1.80	0.40	13.90	6.10	0.98	0.82	0.44
	白云质灰岩	k3530-6	0.38	0.50	129.00	2.52	0.13	3.75	0.01	0.05	0.30	1.90	31.30	3.70	0.80	1.80	0.40	13.90	5.80	1.20	0.64	0.44
	层纹灰岩	k3530-81	0.21	2.43	62.00	206.00	1.09	54.30	0.56	7.18	2.40	13.00	8.50	39.10	7.90	18.20	2.90	8.30	78.00	35.00	0.72	0.43
	角砾灰岩	k3530-9	0.10	1.81	207.00	15.90	0.22	5.12	0.02	0.28	1.40	1.20	22.60	3.70	0.80	4.20	0.60	14.40	11.90	2.60	0.16	0.19
	角砾灰岩	k3530-10	0.35	1.56	105.00	74.70	0.21	12.80	0.05	0.92	0.70	2.40	18.80	3.70	2.30	4.60	0.70	10.30	12.30	9.40	0.29	0.50
	灰岩	k3530-101	0.10	0.44	130.00	5.92	0.14	5.21	0.01	0.16	1.70	1.10	13.80	3.70	0.80	1.80	0.50	10.30	4.30	0.88	0.09	0.44
	角砾灰岩	k3530-12	2.16	1.39	95.90	11.10	0.22	10.50	0.04	0.86	3.50	1.70	10.80	3.70	2.70	3.20	0.50	6.40	8.40	7.80	0.10	0.84
	不含矿灰岩	k3530-15	0.10	0.37	107.00	4.05	0.06	3.79	0.01	0.07	1.00	2.90	18.60	3.70	1.50	1.80	0.50	6.40	1.80	0.87	0.14	0.83
	无矿灰岩	ZQ3-502	0.10	2.94	360.00	7.64	0.08	7.78	0.00	0.07	2.10	1.20	29.80	3.70	0.80	5.50	0.90	14.20	15.80	2.80	0.21	0.15
	灰岩平均值		0.54	1.31	147.79	33.54	0.25	11.72	0.07	1.00	1.39	2.78	21.71	7.24	1.92	4.59	0.81	11.34	15.30	6.57	0.36	0.45
贫矿岩石	接触带脉岩	k782-01	0.10	4.87	37.40	13.90	0.51	86.50	0.84	10.80	3.10	7.80	11.2	123.00	4.80	7.30	5.50	2.00	158.00	19.00	0.17	0.66
	闪长玢岩	k782-021	0.10	9.28	128.00	0.44	14.20	1095.00	0.69	10.00	3.40	4.0	21.80	62.00	8.70	9.90	4.20	175.00	148.00	8.50	0.13	0.88
	蚀变黑云母闪长玢岩	k782-022	0.10	8.00	48.80	39.70	33.70	769.00	0.94	11.50	2.90	5.30	31.50	79.70	14.60	35.20	4.70	91.80	163.00	20.00	0.09	0.41
	玢岩	k782-033	1.40	7.30	110.00	2.56	9.24	2013.00	0.96	9.94	3.00	3.70	29.20	56.20	4.60	7.40	3.50	120.00	129.00	11.00	0.10	0.62
	花岗闪长岩	k3530-2	0.10	9.53	42.20	33.00	1.08	80.30	0.89	11.30	3.80	4.30	23.20	76.20	2.20	6.00	5.30	3.10	154.00	25.00	0.14	0.37
	碳酸盐化含石英闪长砂岩	DB-02	0.12	2.21	169.00	67.70	1.40	111.00	0.46	7.76	2.30	4.50	14.5	26.90	5.20	6.10	2.80	8.30	103.00	18.00	0.20	0.85
	闪长岩平均值		0.32	6.87	89.23	26.22	10.02	692.47	0.80	10.22	3.08	4.93	21.90	70.67	6.68	11.98	4.33	66.70	142.50	16.92	0.13	0.63
	褐铁矿染钙质角砾细砂岩	k782-05	0.14	6.00	85.40	68.10	0.62	233.00	0.90	12.40	3.10	6.30	13.30	52.90	2.50	9.20	5.00	3.00	140.00	84.00	0.19	0.27
	钙质岩屑角砾岩	k3530-1	0.84	1.67	94.80	131.00	0.57	38.70	0.13	2.49	1.80	5.50	22.30	11.50	5.50	12.90	0.90	12.10	31.50	15.00	0.53	0.43
	角砾岩(未矿化)	k3530-14	1.43	2.07	84.90	65.10	0.31	32.40	0.06	0.90	1.00	3.20	14.10	3.70	3.40	4.40	0.40	8.10	8.80	8.80	0.58	0.77
	含矿砾岩	GB3602-6	0.88	0.86	264.00	56.50	0.51	15.80	0.03	0.56	2.20	3.00	10.20	3.70	1.60	4.20	0.90	13.30	11.90	9.50	0.11	0.38
	钙质岩屑细砾岩	DB-01	0.17	2.10	201.00	4.51	0.70	15.50	0.07	2.00	2.00	3.70	28.50	3.70	2.70	5.70	0.90	13.60	25.90	4.80	0.12	0.47
	砾岩平均值		0.69	2.54	146.02	65.04	0.54	67.08	0.24	3.67	2.02	4.34	17.68	15.10	3.14	7.28	1.62	9.44	43.48	24.42	0.31	0.46
	泥质粉砂岩	GB3602-9	0.20	4.60	192.00	104.00	1.85	66.50	0.24	4.46	4.30	8.60	16.10	17.90	4.80	30.60	2.10	32.90	87.30	12.00	0.06	0.16
	泥质粉砂岩(不含矿)	GB3602-12	0.10	5.22	343.00	8.87	5.96	84.30	0.30	4.86	3.60	9.70	17.50	30.60	7.90	44.40	2.00	59.40	70.80	4.30	0.06	0.18
	泥质粉砂岩平均值		0.15	4.91	267.50	56.44	3.91	75.40	0.27	4.66	3.95	9.15	16.80	24.25	6.35	37.50	2.05	46.15	79.05	8.15	0.06	0.17

| 岩性 | 送样号 | 稀土元素含量 / (μg/g) | | | | | | | | | | | | | | | | | 稀土参数 | | | | |
		La	Ce	Pr	Nd	Sm	Eu	Gd	Tb	Dy	Ho	Er	Tm	Yb	Lu	Y	La/Yb	Sm/Nd	ΣREE	LREE/HREE	δEu	(La/Yb)N	(La/Sm)N
硅化灰岩（矿化）	k782-032	10.50	25.00	2.60	11.20	2.70	0.81	2.70	0.33	1.50	0.25	0.62	0.08	0.52	0.08	6.60	20.19	0.24	54.89	8.03	0.91	13.61	2.45
钙质含赤铁矿硅质岩角砾岩	k782-071	4.00	6.20	0.74	2.60	0.38	0.11	0.29	0.03	0.13	0.02	0.08	0.01	0.08	0.01	0.70	50.00	0.15	14.66	22.27	0.97	33.71	6.62
硅化灰岩	k782-072	3.00	4.00	0.46	1.60	0.26	0.09	0.27	0.04	0.29	0.06	0.18	0.03	0.18	0.03	1.90	16.67	0.16	10.49	8.71	1.03	11.24	7.26
硅化灰岩（含矿）	k782-073	3.10	4.90	0.55	1.90	0.27	0.10	0.27	0.03	0.16	0.03	0.10	0.02	0.10	0.02	0.90	31.00	0.14	11.55	14.82	1.12	20.90	7.22
白云质灰岩	k3530-3	4.50	7.00	0.90	3.50	0.64	0.22	0.56	0.07	0.34	0.06	0.18	0.03	0.16	0.03	1.80	28.13	0.18	18.19	11.72	1.10	18.96	4.42
硅化灰岩	k3530-4	16.00	23.00	2.40	8.00	1.00	0.24	0.90	0.10	0.47	0.09	0.32	0.05	0.37	0.05	2.30	43.24	0.13	52.99	21.55	0.76	29.15	10.06
弱矿化细粒硅质岩（富矿）	k3530-73	8.20	12.00	1.35	4.60	0.69	0.18	0.67	0.08	0.37	0.07	0.20	0.03	0.18	0.03	2.00	45.56	0.15	28.65	16.58	0.80	30.71	7.48
灰岩	k3530-8	2.70	4.00	0.40	1.30	0.20	0.08	0.22	0.03	0.20	0.03	0.09	0.01	0.10	0.01	0.80	27.00	0.15	9.35	12.96	1.16	18.20	8.49
钙质岩屑角砾岩	k3530-132	6.40	11.00	1.40	4.70	0.70	0.14	0.70	0.09	0.40	0.09	0.25	0.03	0.22	0.02	3.10	29.09	0.15	26.13	13.60	0.60	19.61	5.75
钙铁质含硅砂砾硅屑灰岩	GB3602-1	3.40	5.70	0.85	3.60	0.99	0.25	1.09	0.20	1.29	0.24	0.71	0.09	0.65	0.11	8.50	5.23	0.28	19.16	3.38	0.73	3.53	2.16
硅质砾岩（分析填隙物）	GB3602-5	7.20	11.30	1.55	6.20	1.32	0.29	1.43	0.26	1.52	0.29	0.80	0.13	0.70	0.11	9.00	10.29	0.21	33.10	5.32	0.64	6.93	3.43
碳酸盐岩化含矿硅质岩	GB3602-7	4.80	7.80	0.99	3.80	0.67	0.13	1.76	0.08	0.42	0.32	0.48	0.03	0.23	0.03	2.60	20.87	0.18	21.54	5.43	0.35	14.07	4.51
弱蚀变	GB3602-8	6.90	9.40	1.25	4.70	0.89	0.20	0.90	0.12	0.66	0.11	0.33	0.04	0.28	0.04	3.60	24.64	0.19	25.82	9.41	0.68	16.61	4.88
含矿砾岩	GB3602-10	7.70	12.10	1.62	5.70	0.85	0.16	0.67	0.10	0.49	0.10	0.29	0.04	0.28	0.04	2.80	27.50	0.15	30.14	14.00	0.63	18.54	5.70
含细粒砂泥质硅质岩	GB3602-11	33.20	61.20	7.55	28.10	4.35	0.83	3.73	0.43	2.01	0.40	1.28	0.20	1.37	0.22	10.00	24.23	0.15	144.87	14.03	0.61	16.34	4.80
碳酸盐化碎裂含铁硅质岩	ZQ1-502	8.20	11.50	1.49	5.60	0.94	0.24	0.89	0.12	0.64	0.11	0.33	0.05	0.30	0.05	4.00	27.33	0.17	30.45	11.28	0.79	18.43	5.49
赤铁矿化	ZQ1-503	4.00	6.00	0.80	3.10	0.59	0.19	0.59	0.09	0.60	0.12	0.36	0.05	0.30	0.05	4.70	13.33	0.19	16.84	6.80	0.97	8.99	4.26
碳酸盐岩化含矿硅质岩	ZQ1-504	4.00	4.50	0.67	2.40	0.41	0.14	0.38	0.06	0.31	0.06	0.19	0.03	0.18	0.03	2.40	22.22	0.17	13.36	9.77	1.07	14.98	6.14
硅化灰岩	ZQ2-501	9.50	14.00	1.77	6.60	1.26	0.32	1.24	0.20	1.15	0.23	0.73	0.10	0.65	0.10	9.30	14.62	0.19	37.85	7.60	0.77	9.85	4.74
泥质多	ZQ2-502	15.30	26.60	3.26	12.20	2.14	0.54	1.91	0.29	1.51	0.28	0.78	0.11	0.72	0.11	8.20	21.25	0.18	65.75	10.51	0.80	14.33	4.50
含矿	ZQ3-501	13.20	21.00	2.68	10.00	1.72	0.39	1.59	0.20	0.98	0.18	0.55	0.08	0.50	0.07	5.70	26.40	0.17	53.34	11.85	0.71	17.80	4.83
平均值		8.37	13.54	1.68	6.26	1.09	0.27	1.08	0.14	0.74	0.15	0.42	0.06	0.38	0.06	4.33	25.18	0.18	34.24	11.41	0.82	16.98	5.48

富矿岩石 >3g/t

岩性	送样号	稀土元素含量/(μg/g)															稀土参数						
		La	Ce	Pr	Nd	Sm	Eu	Gd	Tb	Dy	Ho	Er	Tm	Yb	Lu	Y	La/Yb	Sm/Nd	ΣREE	LREE/HREE	δEu	(La/Yb)N	(La/Sm)N
闪长玢岩	k782-021	34.10	61.90	7.28	27.20	4.80	1.49	4.44	0.55	2.55	0.44	1.25	0.16	1.04	0.15	12.20	32.79	0.18	147.35	12.93	0.97	22.11	4.47
蚀变黑云母闪长玢岩	k782-022	28.50	69.20	6.70	24.70	4.34	1.09	3.77	0.43	1.84	0.30	0.93	0.12	0.74	0.12	8.10	38.51	0.18	142.78	16.31	0.80	25.97	4.13
灰岩	k782-031	1.80	3.50	0.40	1.60	0.36	0.12	0.38	0.07	0.41	0.09	0.24	0.04	0.23	0.03	3.30	7.83	0.23	9.27	5.22	0.98	5.28	3.15
粉岩	k782-033	39.80	68.60	7.90	29.60	5.06	1.92	4.64	0.54	2.50	0.43	1.22	0.16	1.04	0.17	12.20	38.27	0.17	163.58	14.29	1.19	25.80	4.95
褐铁矿染钙质岩细晶岩	k782-05	32.40	62.50	7.05	25.90	4.29	0.88	3.54	0.40	1.65	0.26	0.77	0.10	0.65	0.10	6.70	49.85	0.17	140.49	17.81	0.67	33.61	4.75
硅化灰岩	k782-074	0.90	1.50	0.21	0.70	0.14	0.03	0.13	0.02	0.10	0.02	0.05	0.01	0.06	0.01	0.70	15.00	0.20	3.86	9.16	0.67	10.11	4.04
硅化灰岩	k782-075	1.00	1.20	0.22	0.80	0.17	0.04	0.14	0.03	0.19	0.04	0.11	0.02	0.09	0.02	2.10	11.11	0.21	4.07	5.36	0.77	7.49	3.70
钙质岩屑角砾岩	k3530-1	7.10	12.50	1.51	5.70	1.02	0.22	0.90	0.11	0.53	0.08	0.24	0.04	0.24	0.03	2.70	29.58	0.18	30.22	12.93	0.69	19.94	4.38
花岗闪长岩	k3530-2	33.50	61.80	7.15	26.90	4.72	1.14	4.04	0.50	2.32	0.39	1.13	0.15	1.05	0.15	10.40	31.90	0.18	144.94	13.90	0.78	21.51	4.46
白云质灰岩	k3530-6	0.70	0.90	0.14	0.40	0.08	0.03	0.09	0.02	0.13	0.03	0.07	0.01	0.06	0.01	1.00	11.67	0.20	2.62	6.08	1.08	7.87	5.50
不含矿	k3530-71	0.46	0.60	0.10	0.40	0.11	0.03	0.09	0.02	0.13	0.03	0.09	0.02	0.07	0.01	1.10	6.57	0.28	2.13	3.95	0.89	4.43	2.63
贫矿	k3530-72	3.10	5.70	0.78	3.30	0.75	0.22	0.73	0.14	0.90	0.20	0.57	0.09	0.60	0.10	7.00	5.17	0.23	17.18	4.16	0.90	3.48	2.60
层纹状岩	k3530-81	19.30	34.20	3.79	13.50	2.16	0.42	1.90	0.25	1.05	0.19	0.54	0.07	0.53	0.08	4.80	36.42	0.16	77.98	15.92	0.62	24.55	5.62
角砾灰岩	k3530-9	3.00	5.20	0.68	2.50	0.51	0.11	0.48	0.07	0.39	0.08	0.23	0.04	0.21	0.04	2.40	14.29	0.20	13.54	7.79	0.67	9.63	3.70
角砾灰岩	k3530-10	4.10	6.70	0.88	3.20	0.53	0.11	0.47	0.07	0.35	0.07	0.21	0.03	0.17	0.03	2.30	24.12	0.17	16.92	11.09	0.66	16.26	4.87
灰岩	k3530-101	1.00	1.50	0.22	0.70	0.16	0.03	0.14	0.02	0.15	0.03	0.09	0.01	0.09	0.01	1.10	11.11	0.23	4.14	6.81	0.60	7.49	3.93
角砾灰岩	k3530-12	3.10	5.50	0.70	2.70	0.48	0.13	0.47	0.07	0.42	0.08	0.21	0.03	0.18	0.03	2.40	17.22	0.18	14.11	8.41	0.83	11.61	4.06
角砾岩（未矿化）	k3530-14	3.10	5.00	0.60	2.10	0.38	0.10	0.36	0.05	0.33	0.07	0.20	0.03	0.20	0.03	2.20	15.50	0.18	12.55	8.88	0.81	10.45	5.13
不含矿灰岩	k3530-15	0.50	0.80	0.11	0.40	0.08	0.03	0.07	0.02	0.09	0.02	0.05	0.01	0.06	0.01	0.70	8.33	0.20	2.23	6.19	1.20	5.62	3.93
接触带	GB3602-2	3.20	5.10	0.68	2.80	0.55	0.12	0.55	0.07	0.43	0.09	0.24	0.04	0.22	0.03	2.50	14.55	0.20	14.12	7.46	0.66	9.81	3.66
断层泥	GB3602-3	35.30	68.80	7.87	29.00	5.15	1.03	4.45	0.67	3.70	0.75	2.35	0.38	2.61	0.40	17.80	13.52	0.18	162.46	9.61	0.64	9.12	4.31
含矿砾岩	GB3602-6	4.20	5.30	0.78	3.10	0.59	0.16	0.66	0.12	0.68	0.13	0.39	0.05	0.30	0.04	5.00	14.00	0.19	16.50	5.96	0.78	9.44	4.48
强风化	GB3602-81	5.90	8.00	1.10	4.10	0.72	0.17	0.78	0.11	0.53	0.10	0.27	0.04	0.25	0.04	3.30	23.60	0.18	22.11	9.43	0.69	15.91	5.15
泥质粉砂岩	GB3602-9	16.20	30.00	3.80	14.50	2.80	0.55	2.60	0.41	2.29	0.45	1.24	0.17	1.17	0.17	12.80	13.85	0.19	76.35	7.98	0.61	9.33	3.64
泥质粉砂岩（不含矿）	GB3602-12	16.10	29.10	3.57	13.30	2.44	0.47	2.26	0.35	1.96	0.38	1.15	0.16	1.10	0.17	11.30	14.64	0.18	72.51	8.63	0.60	9.87	4.15
缝石岩	ZQ1-501	2.80	4.00	0.55	2.10	0.41	0.13	0.39	0.05	0.29	0.06	0.19	0.03	0.19	0.03	2.10	14.74	0.20	11.22	8.12	0.98	9.94	4.30
无矿灰岩	ZQ3-502	1.30	1.60	0.31	1.20	0.33	0.11	0.37	0.08	0.54	0.11	0.35	0.05	0.34	0.05	4.90	3.82	0.28	6.74	2.57	0.96	2.58	2.48
钙质岩屑细晶岩	DB-01	6.80	12.00	1.50	5.50	1.00	0.24	0.90	0.14	0.70	0.13	0.38	0.06	0.36	0.05	4.20	18.89	0.18	29.76	9.94	0.76	12.73	4.28
碳酸盐化含石英闪长玢岩	DB-02	24.80	44.60	5.20	19.20	3.26	0.76	2.87	0.34	1.38	0.24	0.67	0.09	0.57	0.08	6.20	43.51	0.17	104.06	15.68	0.74	29.33	4.79
平均值		11.52	21.29	2.48	9.21	1.63	0.41	1.47	0.20	0.98	0.18	0.53	0.08	0.50	0.08	5.29	20.01	0.19	50.54	9.40	0.80	13.49	4.18

矿及围岩

彩　图

彩图 1　似碧玉岩

彩图 2　硅化灰岩

彩图 3　蚀变黑云母闪长玢岩

彩图 4　钙质岩屑角砾型

彩图 5

彩图 6

彩图 7　　　　　　　　　　　　　　　　　彩图 8

彩图 5　角砾状碎屑结构。角砾主要由隐晶质硅质岩屑(灰至灰黑色)及细晶碳酸盐岩屑(右侧,彩色)组成。中细粒不规则粒状钙质胶结(图中部彩色)含少许细粒硅质岩屑杂基。　　　　　　$D=6.5mm$;A

彩图 6　砂状碎屑结构。碎屑组分主要由不等粒方解石、碳酸盐岩屑(彩色,双晶发育)及少量硅质岩屑和石英(灰色及黑色含碳酸盐岩屑,见图右下角)、细粒碳酸盐胶结。　　　　　　$D=6.5mm$;A

彩图 7　斑状结构。斑晶由细粒圆形黑云母(浅褐绿色)及斜长石(白色自形板状)组成。基质细粒含较多灰褐色土状杂质。粒间含不规则条纹状褐铁矿浸染。　　　　　　$D=6.5mm$;P

彩图 8　细粒状碎屑结构。砾屑主要由组成微晶碳酸盐岩屑(彩色)及硅质岩屑(灰黑色隐晶块状,含少许细粒碳酸盐无序穿插交代)组成。胶结物以细粒碳酸盐为主。含较多细粒碳酸盐岩屑及石英等碎屑杂